MacLane

Meine Freundin Annabel Lee

Mary MacLane

MEINE FREUNDIN ANNABEL LEE

Aus dem Englischen übersetzt und mit
Anmerkungen von Mirko Bonné

RECLAM

Der Wortlaut folgt der Erstausgabe Mary MacLane, *My Friend Annabel Lee*, Chicago: Herbert S. Stone & Company, 1903.

2021 Philipp Reclam jun. Verlag GmbH,
Siemensstraße 32, 71254 Ditzingen
Druck und buchbinderische Verarbeitung: GGP Media GmbH,
Karl-Marx-Straße 24, 07381 Pößneck
Printed in Germany 2021
RECLAM ist eine eingetragene Marke
der Philipp Reclam jun. GmbH & Co. KG, Stuttgart
ISBN 978-3-15-011318-9

Auch als E-Book erhältlich

www.reclam.de

FSC
www.fsc.org
MIX
Papier aus verantwortungsvollen Quellen
FSC® C014496

Meine Freundin Annabel Lee

Für
Lucy Gray in Chicago
dieses Buch
und einen Fuchsschwanz, lila wie Lavendel

Montreal
Juli 1903

1 Annabel Lees Ankunft

Und doch ist die einzige Person in ganz Boston, die mich am Reichtum ihres Herzens, am Reichtum ihrer Gedanken und an der freundschaftlichen Berührung ihrer holden Hand hat teilhaben lassen, Annabel Lee.

Da ich in Boston nach keiner wie auch immer gearteten Freundschaft suchte, überkommt mich diese Freundschaft mit der Sanftheit sonniger Augenblicke, in die sich Kirschblüten mischen, während etwas Menschliches in der Luft liegt, das aus der bitteren salzigen See aufsteigt.

Vor Jahren gab es einmal jemanden, der ein Gedicht über Annabel Lee schrieb – womöglich über eine andere Dame als diese, vielleicht ist es aber dieselbe –, und deshalb sind mir jetzt dieses Gedicht und diese Dame stets nah.

Wenn Poe auch bestimmt nicht diese Annabel Lee vor sich sah, als er seinen so berückenden Herzensaufschrei niederschrieb, werde doch ich immer diese Annabel Lee vor mir sehen, sobald mir Poes berückender Herzensaufschrei durch den Sinn geht.

Fürwahr ist Poes Annabel Lee nie so berückend gewesen wie diese Annabel Lee.

Ich denke dies, während ich zu ihrer anmutigen kleinen Gestalt aufblicke, die auf meinem Bord steht … zu ihrem wunderbar ausdrucksvollen kleinen Gesicht … ihren seltsam weißen Händen … ihrem zu funkelnden schwarzen Zöpfen geflochtenen, fest um den Kopf gewundenen Haar.

Wenn ihr sie sehen könntet, würdet ihr sagen, Annabel Lee sei nichts weiter als eine sehr hübsche, kleine schwarze, weiße und terrakottafarbene Figur einer Japanerin. Und sogleich wärt ihr auf dem Holzweg.

Wahr ist, dass sie monatelang, ehe ich sie fand, im schmachvollen Staubkerker eines japanischen Ladens in der Boylston Street gestanden hatte. Wahr ist auch, dass ich mich auf den ersten Blick in sie verliebte, sie nach einer Zahlung von ein paar fragwürdigen Dollars an den Ladenbesitzer aus ihrer Umgebung erlöste und sie ins Freie schaffte, dorthin, wo ich lebe, ans Meer – das Meer, über das in einem fort diese wundervollen, mächtigen, grünen Wellen rollen, rollen, nichts als rollen. Annabel Lee hört diese Wellen, und ich höre sie, während wir immer wieder den Atem anhalten und lauschen, bis uns vor Lauschen und in die Glieder fahrendem Schrecken die Augen vergehen und das leise Rauschen in unsere zwei bleichen Seelen dringt.

Obwohl also meine Freundin Annabel Lee stumm und staubbedeckt monatelang in dem Laden in der Boylston Street lebte, als wäre sie tatsächlich nur eine Porzellanfigur, und obwohl ein Preis für sie zu zahlen war, ist meine Freundin Annabel Lee dennoch wunderbar menschlich.

An manchen Tagen füllt nichts als sie mein Leben aus.

Sie bringt mannigfaltige Empfindungen hervor, die mich nicht zur Ruhe kommen lassen.

Nicht ich habe sie Annabel Lee genannt. Das war schon immer ihr Name – er sagt, wer sie ist. Sicher, ein japanischer Name ist das nicht ... und sie stammt doch auf jeden Fall aus Japan. Unter den unzähligen Namen, die es gibt, passt zu ihr jedoch nur dieser eine – und unter den unzähligen Mädchen auf der Welt ist sie das einzige, das ihn trägt.

Sie trägt ihn auf unvergleichliche Art.

Annabel Lees Freundschaft ist mir sicher; doch was ihre Liebe betrifft, ist es anders.

Annabel Lee gleicht niemandem, den ihr je gekannt habt. Sie ist so ziemlich niemandem ähnlich. Manchmal kann ich eine feine, bewusste Liebe, die von ihren Fingerspitzen auf meine Stirn übergeht, fast spüren. Und dann bin ich, mit meinen einundzwanzig Jahren, einfach nur hin und weg.

Wahrlich, mit einundzwanzig Jahren und trotz Boston

und allem gibt es Augenblicke, in denen ist man doch bloß hin und weg.

Aber dann wieder blicke ich auf und weiß, gleich werden ihre Augen den meinen mit einem Blick begegnen, der kalt und durchdringend ist, verächtlich und verwirrend.

Dann wieder blicke ich auf und sehe in ihren Augen nichts als Gleichgültigkeit, nichts als Abwarten, nichts als dumpfes, abgrundtiefes Schweigen.

Da kam sie, Annabel Lee aus der Boylston Street in Boston. Und siehe da, sie war so anbetungswürdig, so faszinierend, so liebenswert, dass ich sie auf der Stelle anbetete; ich war fasziniert von ihr; ich liebte sie.

Ich liebe sie zärtlich. Wieso, weiß ich nicht. Weshalb auch begründen, wohin die Liebe fällt?

Manchmal ist meine Freundin Annabel Lee negativ eingestellt und manchmal positiv.

Manchmal, wenn meine Gedanken unendlich weit entfernt von ihr umherzustreifen scheinen, wird mir plötzlich klar, dass sie es ist, die mich fesselt. Was auch immer ich in Boston oder meiner Vorstellung von der weiten Welt sehe – meine Auffassung davon wird unablässig beeinflusst durch das Vorhandensein meiner Freundin Annabel Lee, umso mehr, da es ein zumeist unbewusster Einfluss ist.

Annabel Lee ist eine schillernde Persönlichkeit – man begegnet schillernden Persönlichkeiten ja hin und wieder, sei es in Kindern oder in Bulldoggen oder in Personen wie meiner Freundin Annabel Lee.

Und nie werde ich es müde, Annabel Lee anzusehen, nie werde ich es müde, ihr zuzuhören, und nie werde ich es müde, über sie nachzudenken.

Ja, an sie zu denken ist es, was meine Gedanken nachdenklich macht.

2 Die glatten Oberflächen der Dinge

»Es gibt Augenblicke«, sagte meine Freundin Annabel Lee, »in denen müssen sie, ob sie wollen oder nicht, alle hinauskommen auf die glatten Oberflächen der Dinge.

Wenn die Sonne untergeht, blicken sie tief ins grüne Wasser und sind wehmütig. Sie weinen nicht, ist ihnen auch schwer ums Herz. Wenn die Sonne aufgeht, blicken sie über die glitzernden Wellen, dann ist ihnen leicht ums Herz und sie genießen den Augenblick. Oder aber es wird ihnen schwer ums Herz bei Sonnenaufgang und leicht bei Sonnenuntergang. Aber ob es nun so ist oder andersherum, immer gibt es nichtssagende Augenblicke, in denen sie nichts als glatte Oberflächen sehen. Falls sie urplötzlich durch einen kleinen Zufall entdecken, dass der ihnen allerliebste Mensch ein Verräter ist, und wenn sie sich dann bei Sonnenuntergang aufmachen, um tief ins grüne Wasser zu blicken, wo alles so dunkel ist und so tot, wie nur ein über alles geliebter Verräter es machen kann, packt sie eine große Wehmut – und dennoch kommt ein nichtssagender Augenblick, in dem ihr Magen ihnen mitteilt, dass sie Hunger haben, und sie auf ihn hören. Das ist die glatte Oberfläche. Nach Wochen, oder vielleicht schon Tagen, je nachdem, wer sie sind, ist ihre Wehmut vergangen – noch immer aber wird ihnen ihr Magen mitteilen, dass sie Hunger haben, und sie werden darauf hören. Falls ihr Herzensmensch das Zeitliche segnet, aus heiterem Himmel … so ist das schlimm für sie, oh, sogar furchtbar schlimm. Sie leiden, es dauert Wochen, bis sie sich erholen, und die Narbe der Wunde bleibt für immer sichtbar. Doch aufmunternd hilft die Zeit ihnen darüber hinweg. Sollte aber«, sagte meine Freundin Annabel Lee, »ihr Magen das Zeitliche segnen, würden sie nicht bloß leiden – sie würden sterben – und dahinwelken. Auch das: eine glatte Oberfläche und außerdem sehr wahr. Und wenn sie das bedenken – einen nichtssagenden Augenblick lang –, lachen sie sanft, und von nun an haben sie endgültig keinen liebsten Menschen mehr; ihre Adern sind nicht länger voller rotem, tiefrotem Blut; sie werden wie Mäuse – Mäuse mit langen, dünnen Schwänzen.

Einen nichtssagenden Augenblick lang.

Und doch ist der nichtssagende Augenblick lang genug für sie, um sich ruhig und voller Wonne, wenn auch unbewusst, dankbar dafür zu fühlen, dass es diese glatten Oberflächen der Dinge gibt und dass sie beizeiten darauf hinausschwanken können.

Sie schwanken ganz so über die glatten Oberflächen wie ein Pferd über die flache Prärie, wo immerzu Wind ist.

Und wenn sie sich zum ersten Mal verlieben und ihr Gürtel ihnen zu eng ist, wird ein nichtssagender Augenblick kommen, in dem ihnen bewusst wird, dass ihr Gürtel so eng ist – und viel mehr wird ihnen dann nicht bewusst sein.

In diesem nichtssagenden Augenblick werden sie ihren Gürtel lockern.

Sie waren acht oder neun Jahre alt, als sie einen Flecken mit köstlich reifen, herrlich saftigen Pflaumen fanden, und während sie Pflaumen pflückten und auf einmal ein Ballon über ihren Köpfen auftauchte, war ihr erster rauschhafter Impuls, alles stehen und liegen zu lassen und dem Ballon über Hügel und Tal nachzulaufen bis ans Ende der Welt.

Aber obwohl ein echter leibhaftiger Ballon über ihre Köpfe dahinsegelte, ging ihnen ein Gedanke durch den Sinn, nämlich: *Ein paar andere Kinder könnten die Pflaumen kriegen, die wir gefunden haben.* Ein Ballon war prachtvoll – ein Ballon war göttlich –, und trotzdem war da ein nichtssagender Augenblick, in dem ihnen der Gedanke an ein paar gemeine, flachsköpfige Schwedenkinder von jenseits des Hügels, die über die Pflaumen herfallen würden, gerade noch rechtzeitig in den Sinn kam, um ihnen den Ballon zu vergällen.

Aber«, sagte meine Freundin Annabel Lee, »noch während sie über den Ballon sprechen würden, nachdem der am Himmel verschwunden wäre, käme eben deshalb ein weiterer nichtssagender Augenblick, der ihnen auch die Pflaumen vergällen würde – so vollkommen vergällen, dass sie in ihren Augen nur noch abscheulich wären, da sie sie von der Freude abgehalten hatten, dem göttlichen Ballon nachzulaufen. Auch daran erkennt man die glatten Oberflächen der Dinge. Und alle müssen sie hinauskommen auf die glatten Oberflächen, ob sie wollen oder nicht.

Und«, sagte Annabel Lee und blickte mich durchdringend an, während sich meine Gedanken nachdenklich verdunkelten, »nicht nur sie müssen hinauskommen auf die glatten Oberflächen der Dinge, auch Sie und ich müssen hinauskommen, ob wir wollen oder nicht.

Und da wir das *müssen*, ob wir wollen oder nicht«, fügte die Dame an, »wieso sollten wir dann nicht gleich draußen auf den glatten Oberflächen bleiben? Auf jeden Fall würde man sich das nächste Mal die Mühe mit dem Hinauskommen sparen. Doch wer weiß, vielleicht dreht sich ja alles bloß ums Hinauskommen.«

3 Meine Freundin Annabel Lee

Meine Freundin Annabel Lee schafft es immer, mich zugleich zu faszinieren und zu verwirren.

So viel sie auch gibt, so unendlich viel mehr erwartet einen in ihr.

Mein Verhältnis zu ihr macht nie Fortschritte, so wenig wie es Rückschritte macht. Es führt nirgendwohin. Sie und ich bleiben gemeinsam mitten in unserer jeweiligen Situation stehen und blicken uns um. Und was wir sehen, während wir uns umblicken, ist alles und ist genug, um es zu bedenken.

Und indem ich es bedenke, schreibe ich davon.

4 Boston

Gestern war die Dame in liebenswürdigster Stimmung, und wir unterhielten uns – zufälligerweise über Boston.

»Mögen Sie Boston?«, fragte sie mich.

»Ja«, erwiderte ich, »Boston gefällt mir. Es fasziniert mich.«

»Gefällt Ihnen aber nicht mehr als Butte, in Montana?«

»O nein«, sagte ich rasch. »Butte in Montana ist meine erste Liebe. Es gibt lauter öde Berge dort – die sind immer bei mir. Boston berührt mein Herz nicht im Geringsten, doch ich mag es sehr. Ich lebe gern hier.«

»Ich liebe Boston – manchmal zumindest«, meinte Annabel Lee. »Hier am Meer ist ja eigentlich nicht Boston. Hier ist alles. Dasselbe Meer strömt an verwunschenen Purpurinseln vorbei und brandet an die Küste von Spanien. Aber wenn man mal nur für einen Moment die Augen davon lassen kann, dann ist Boston eine schöne, gute und interessante Sache.«

»Das denke ich auch – in mehrfacher Hinsicht«, stimmte ich zu.

»Erzählen Sie mir, was Sie an Boston interessant finden«, sagte meine Freundin Annabel Lee.

»Da gibt es vieles«, erwiderte ich. »Ich habe eine kleine Nische unten an der East-Boston-Werft entdeckt, in der ich an kalten Tagen oft sitze. Die Sonne scheint hell und warm auf eine schmale hölzerne Plattform zwischen zwei großen Speicherfässern, dort kann mich keiner sehen, aber ich das Treiben der Menge beobachten. Die Leute sind ja ziemlich wuselig da unten in der Gegend rund um East Boston. Und mir fehlt es nie an Gesellschaft – manchmal trauen sich mutig und scharfzähnig ein paar Ratten heraus auf die Planken unter mir. Das Gewusel der Leute können sie nicht sehen, aber sie können den Sonnenschein genießen und im Müll nach Mäusen jagen.

Die Einwohner von East Boston – sie sind die Armen, die wir immer bei uns haben. Sie sind nicht die sanftmütigen, die würdevollen, die rechtschaffenen Armen. Sie sind die teuflischen, die boshaften – eins mit den Werftratten, die nach Mäusen jagen. Außer darin, dass die Ratten gelegentlich ihren weichen, grauen Pelz zu putzen versuchen, indem sie ihn mit ihren kleinen roten Zungen ablecken; wohingegen die Armen … Aber weshalb sollten die Armen sich waschen? Sind sie nicht die Armen?

Wenn ich mich zwischen meinen zwei großen Fässern ausruhe und dieses grausige Schauspiel verfolge, denke ich: Arm zu sein in Boston scheint eine ziemlich verzweifelte Sache zu sein, denn Boston wird nachgesagt, es habe die vorzüglichsten Kenntnisse und trage einen Eisklumpen im Herzen. Zwischen meinen zwei Fässern in East Boston sitzend habe ich erlebt, wie Menschen sind – oh, so brutal, oh, so barbarisch, wie sie es im glücklichen England unter dem guten alten Heinrich VIII. schlimmer nicht hätten sein können.

Und das halte ich für schon sehr interessant.«

»Das ist es in der Tat«, sagte meine Freundin Annabel Lee. »Boston ist schön, sogar sehr schön. Erzählen Sie mir mehr.«

»Und manchmal«, sagte ich, »sitze ich an einem der Fensterplätze an der Treppe zur Öffentlichen Bücherhalle. Und ich blicke die Wände an. Ein Franzose mit wundersamer Erfindungsgabe und großer Fingerfertigkeit hat diese Wände gestaltet. Was es zu allen Zeiten an großen materiellen Dingen überall auf der Welt gab, hat er dort in Sinnbildern gemalt. Und darüber malte er einen dünnen grauen Schleier aus jenen Dingen, die nicht materiell sind, die aus keiner Zeit stammen, die stets mit uns, um uns, über uns sind – so wie sie das für die Kinder von Israel, für die Leute von Pompeij, für die schönen Städte Griechenlands und ihre Bewohner waren.

Ich sah mir die Wandbilder an und war geblendet und hingerissen. Was ist dort auf diesen Wänden nicht alles zu sehen!

Ich sah wahrhaftig ›die Vision der Welt und all des Wundersamen, das geschehen wird‹.

Ich sah das Ringen der verpuppten Seele und ihr Hineinplatzen ins Licht; ich sah die Erde einst beschützt von Göttlichkeit; ich blickte auf ein Konzept von Poesie und hörte die dünnen, rhythmischen Klänge von Schalmeien und Saiteninstrumenten; und ich hörte leise, wollüstige Musik aus dem Innern des Tempels – menschliche Stimmen wie süßer Jasmin; ich sah die faszinierende Götzenanbetung der Heiden – und fahl im Lichtschein eines Sterns am Abend die hölzerne Gestalt am Kreuz; ich beugte mich über den Rand eines Abgrunds und erblickte die graue Vorzeit – Hannibals Armee vor Karthago – die mit ihren Schiffen untergehenden Norsen – die zwecklosen, wilden Kämpfe der Goten und Vandalen; ich sah Wissenschaft und Kunst in ummauerten Städten, und ich sah zittrige Lämmchen am Bachufer umhertollen; ich sah nächtliche Schatten sich über geheime Werke beugen und sah an einem schönen Sommermorgen Bienen schwer beladen zu ihren Stöcken fliegen; ich hörte, wie an einer winzigen Stromschnelle auf einer Laute gespielt wurde und wie sich Pans Flötenklänge mischten mit den sprudelnden Tönen eines Rotkehlchens in Feldern voller Pfefferminze; ich sah Seiten über Seiten voller gedruckter Zeilen, die von einem Ende der Welt bis zum anderen reichten; ich sah tiefsinnige Worte, vor Jahrhunderten niedergeschrieben in vielfarbigen Tinten; das alles sah ich und war überwältigt von den Wunderwerken technischer Errungenschaften, die nur so strotzen vor präzisen Kenntnissen, die ich nie erlangen werde – in alldem sah ich die völlige Gleichmut des Antlitzes der Welt, so wie der Pinsel des Franzosen Chavannes sie darstellt.

Und über allem die nebelartige Vorstellung vom langen Schweigen der Unwissenheit.

Was ist dort auf diesen wundervollen Wänden nicht alles zu sehen!

Da sitze ich auf diesem kleinen Fensterplatz, und was ich halb träumend wahrnehme, verschwimmt mir vor den grauen Augen. Meine Gedanken sind erfüllt vom Anblick murmelnden, pulsierenden Lebens.

Was aber ist das alles, verglichen mit dem wahren Leben – denn so wundersam diese Bilder sind … was ich manchmal dort unten sah, wo die Ratten im Müll nach Nahrung suchen, ist doch viel wundersamer.«

»Stimmt«, sagte meine Freundin Annabel Lee, »es gibt viel, viel zu sehen in Boston. Erzählen Sie mir mehr.«

»Tja, und es gibt die South Station«, fuhr ich fort. »O ja, bevor man nicht tausend Stunden herumgeschlendert ist und vertrödelt hat an diesem Ort für Züge und Leute aller Art, hat man keine Ahnung davon, was in seinen Wartesälen wirklich zu finden ist.

Ich habe Massachusetts dort gefunden – nicht das Massachusetts, von dem ich immer gelesen hatte, sondern das Massachusetts, das mit einer Einkaufstasche für Boston angefahren kommt aus Braintree, Plymouth und Middleboro; das Massachusetts, das gebildet ist und den Zeigefinger durch den Henkel seiner Teetasse steckt; das Massachusetts, das Suppe von seiner Löffelspitze isst; das Massachusetts, das herzensgut ist und dabei einen komischen Gang hat; das Massachusetts, das alle Kinder nimmt und für einen Tag runter nach Providence fährt – jedes Kind mit einer dicken gelben Banane in der Hand; das Massachusetts, das es gibt, weil die Welt Schuhe trägt – denn es ist gebildet und weiß Schuhe herzustellen.

Und an der South Station gibt es außerdem Leute aus der weiten Welt ringsum. Schauspieler und Schriftsteller und

Künstler sieht man ankommen und abreisen und wartend in den Wartesälen sitzen. Einige reichlich prächtige und sonderbare Personen haben dort in diesen Wartesälen gesessen, aber auch schmuddelige Italiener mit Perlenketten um den Hals.

Und an der South Station gibt es so viele, viele Leute, dass einem dort ab und an etwas von den Winzigkeiten begegnen kann, auf die man seit Jahrhunderten gewartet hat. In einer Vielzahl von Gesichtern gibt es so vielleicht ein junges mit zugleich erschöpften und lebhaften Zügen, mit wachsamen Augen, die viel gesehen haben, und mit weichem, stumpfem Haar darüber. Blitzschnell erkennt man es, und ebenso blitzschnell ist es verschwunden. Es ist ein Gesicht, das Schönes verheißt und das man seit langer, langer Zeit ebenso kennt wie seine Göttlichkeit. Und hier an der Bostoner South Station erhaschte man davon den einen, goldenen Anblick.

Und ich sah an der South Station eine merkwürdige Szene mit an: Da kümmerte sich nämlich ein sanftmütiger Jude fast ganz allein um seine vielen kleinen Kinder, während deren kindermüder Mutter einmal im Leben erlaubt war, sich voll und ganz auszuruhen, indem sie mit geschlossenen Augen und gefalteten Händen bloß dasaß. Ebenso beruhigt hätte sie wohl der Gedanke, dass sie mit dem Zur-Welt-Bringen dieser kleinen Hebräerarmee ihren Anteil an der fragwürdigen Buße gegenüber der Welt erfüllt habe.

Außerdem atmet man an der South Station so gut wie irgendwo die Bostoner Luft.

Und auch die Bostoner Luft ist wundervoll – auch wenn sie einzuatmen nicht jedermann freisteht. Sie ist für die Gesalbten da – die anderen müssen sich zufriedengeben mit der farblosen, geruchlosen Luft, die ungestüm herabweht von den Berggipfeln und über die Meere im Norden. Ich aber habe ja Augen, um zu sehen – und da die Bostoner Luft farbig ist, kann ich sie sehen. Und ich habe Ohren, um zu hören – und da die Bostoner Luft vibriert von Musik, kann ich sie hören. Und ich bin feinfühlig – weshalb alles, was in der Bostoner Luft beißend ist, alles, was fein ist, alles, was Kunst ist, alles, was schön ist, alles, was wahr ist, alles, was gütig ist, und insbesondere alles, was sehr kühl ist, und alles, was bitterlich herablassend ist, an mir nicht völlig vorbeigeht.

Wären all die Leute, die an der South Station ein- und ausgehen, Helden und würden die Luft dort atmen und ihre trüben Schatten hinter sich lassen – wie sie es ja tun –, so wäre die South Station eine heilige Stätte, vermute ich. Zwar sind sie alle keine Helden, doch sie atmen die Luft und hinterlassen ihre trüben Schatten, was immer sie sein mögen, und für immer ist die Luft an der South Station dann davon durchtränkt. Und da mehr als die Hälfte dieser Leute aus Boston kommt, ist die Luft davon durchtränkt.

Ist man zivilisiert und eher konventionell, so kennt und atmet man diese Luft. Ist man's nicht … tja, dann kann man zumindest stehen bleiben und darüber nachdenken. Und auf jeden Fall kann man ja auf den richtigen Moment warten.

Mich jedenfalls hat das Nachdenken darüber neugierig gemacht.

Die Bostoner Luft ist eine Mixtur aus sehr alten und sehr modernen Dingen und Denkweisen, die anschaulich sind und hin und wieder sogar zu etwas führen. Die alten Dinge gehen zurück auf Konfuzius und seinesgleichen – und die modernen haben mit Lilian Whiting, mit Zeitungen und dem Theater zu tun.

Zwar ist man sich dessen nur halb bewusst, während man darüber nachsinnt, doch denkt man: ›Weh mir, dass ich meine Wohnstatt habe inmitten der Zelte von Kedar!‹ Man ruft dies weniger aus, weil man sich für umnachtet hält, als vielmehr, weil man überzeugt ist, dass die Bostoner Luft einen dafür hält. Natürlich sollte sie es besser wissen, nur ist man dann irgendwie doch damit zufrieden, auf den richtigen Moment zu warten.

Aber ja. Die Bostoner Luft ist von beseligender Qualität. Sie ist manchmal rosafarben und manchmal bläulich. In der Ferne hört man Glockengeläut und Flöten. Mit etwas Glück spürt man es, wenn man in der gedämpften, funkelnden Stille der Trinity Church sitzt … wenn man über die grünen und goldenen Felder rund um Brookline und Cambridge spaziert, wo einem Orchideen ihre blassen, weichen Lippen entgegenstrecken … wenn man im Museum der Schönen Künste ist und ein kleines, nachgedunkeltes Bild an der Wand hängen sieht, das ganz alt ist – so alt!

Musik liegt in der Bostoner Luft. Sie strömt ins Herz wie Feuer und Flut … sie erweckt die Seele aus ihrem Träumen … sie sendet das menschliche Wesen aus auf die vielfarbigen Pfade, die zu sehen, womöglich zu erleiden sind – ja, bestimmt zu erleiden – doch ebenso zu erleben, oh, zu erleben!

Im Nebel kann man der schmalen, grauen Gestalt der eigenen Seele dabei zusehen, wie sie sich erhebt und beginnt, sich mit alldem zu vermengen. Trotz der Wolken über ihr weiß man um ihren weiteren Weg, und dass es ein guter ist. Vor langer Zeit hieß es einmal: ›Meine Geliebte ist hinunter in ihren Garten gegangen, zu den Balsambeeten, um in den Gärten zu weiden und Lilien zu pflücken.‹ Und jetzt ist die Geliebte erneut im Garten, und in diesen Augenblicken, o ja, ist das Leben schön …«

Meine Freundin Annabel Lee öffnete ihre Lippen – ihre Lippen wie feuchte, rote Quittenblüten im Frühling – und erzählte mir, dass ich manchmal ihr Interesse wecken würde, sie manchmal mächtig amüsiere und dass sie manchmal auch ein paar seltene Entdeckungen in mir mache.

Doch was davon diesmal zutraf, erzählte sie nicht.

5 Ein kleines Haus auf dem Land

Doch Boston – oder selbst Butte in Montana – ist nicht vergleichbar mit einer Behausung weit draußen auf dem Land: einem winzigen Häuschen am Ufer eines fischreichen, bemoosten Weihers im Sommer, dem das heiße Sonnenlicht auf die Stufen scheint und in dessen Nähe eine Gruppe Weiden und eine Eiche wachsen; auf der Hausseite, auf die am Morgen helles Sonnenlicht fällt, liegen einige kleine, quadratische Beete mit Rettichen, blassgrünen Salatköpfen, schnurgeraden Reihen aus jungen Zwiebeln und dazwischen das ganz und gar schwarze, feuchte Erdreich; und ein paar grüne Erbsen wachsen an einem kleinen Zaun; und auf der anderen Seite des Häuschens wird Gras wachsen – hohes, wucherndes Gras, außerdem zähes Unkraut, und womöglich werden dort überraschend auch ein oder zwei Tigerlilien sprießen. Der Fischweiher wird weder zu nah am Haus sein noch zu weit entfernt – jedoch nah genug, dass man die nächtlichen Gesänge der Frösche laut und deutlich hört.

Hell und grün werden sich in der Ferne Hügel wellen, und Rinder werden darauf umherstreifen und im Schatten tief herabhängender Äste grasen. An stillen Nachmittagen wird man aus den Wäldern den Ruf einer Wachtel oder eines Fasans hören.

Sehr lind wird die Luft sein, die aus dem sich sanft dahinziehenden Hochland herabweht. Die Botschaft, die sie bringt, sobald sie meine Wangen, Lippen und Stirne streift, wird eine von überaus tiefem Frieden sein.

Ich würde in dem Häuschen mit einem Menschen leben, der mir am Herzen liegt – jemandem, der Schatten, Halblicht und alles Strahlende mit mir teilt. Denn schlagen die Herzen von zweien im selben Takt, erzeugen sie einen wundersam harmonischen Klang.

Ganz früh am Morgen würde ich im Sonnenschein auf den Stufen sitzen und mich an der Aussicht nicht sattsehen können. In meinen Adern würde das Leben pulsieren.

Mitten am Vormittag würde ich in den Beeten mit Rettichen, schmalen jungen Zwiebeln und Salat knien, zwischen ihnen das Unkraut herausrupfen und mir an den schwarzen Wurzeln die Hände schmutzig machen.

Am Mittag säße ich im Schatten, aber nur dort, von wo ich der Sonne dabei zusehen könnte, wie sie auf funkelndes Grün fällt, sei es nah am Haus oder weit entfernt. Und ich könnte den Weiher sehen, das blendende Leuchten darüber und den im Licht tanzenden Staub.

Am späten Nachmittag würde ich mit meinem Herzensmenschen an Zäunen und zerbröckelnden Steinwällen entlang über waldige Hügel in die grünen Täler hinunterspazieren, bis wir zu einem Aussichtspunkt kämen, von wo man das Meer sehen könnte.

Nachts, sobald die Sonne verschwunden wäre, die Erde sich abgekühlt hätte und das dunkle Dunkelgrau auf allem läge, säßen wir wieder auf den Stufen vorm Haus. Es wäre einsam dort, inmitten der Geräusche der Frösche und Nachtvögel – und es würde ein Heimchen zirpen. Mit langen Schweigepausen dazwischen würden wir dort nur wenige Worte wechseln.

Schon bald wäre es weit nach Mitternacht und lägen wir in tiefem Schlummer unter dem niedrigen, aufgeheizten Dach des Häuschens.

Vermengen mit der Tiefe der Nacht würden sich Erinnerungen an den Tag, der soeben verstrichen wäre. In meinem Schlummer käme es mir so vor, als spazierte ich wieder über die Wiesen, und das Grün der unzähligen Grashalme würde mich seltsam berauschen – als sähe ich sie jetzt zum ersten Mal. Jeder kleine Grashalm hätte eine Stimme und riefe: *Mary MacLane, oh, wir sind die Grashalme, und wir sind hier!*

Wir sind die Grashalme, wir sind die Grashalme, und wir sind hier!

Und ja. Das wäre das Wunderbare – das sie *hier* wären. Und wären an den Bäumen nicht die Blätter? – Und wüchsen am Boden nicht winzige blasse Blumen? – Und wäre über allem nicht der Himmel? Oh, der unbeschreibliche Himmel!

In der Tiefe der Nacht ließe der Schlummer von mir ab, und ich würde aufwachen, weil ich lauter Schönes und Schreckliches vor mir sähe und Angst hätte, im rasenden Herzen eine schreckliche Angst.

Verzweifelt dächte ich dann an die kleinen Rettichbeete draußen vorm Fenster – wie gewöhnlich und wie befriedigend sie sind. Mit diesem Gedanken schliefe ich wieder ein und würde erst aufwachen, wenn die Sonne schiene.

»Sie«, sagte meine Freundin Annabel Lee, »würden es an so einem Ort nicht lang aushalten.«

Ich sah sie an.

»Seine Einfachheit und Wahrhaftigkeit«, sagte meine Freundin Annabel Lee, »würde Ihnen tiefe Wunden zufügen, Sie geißeln und vertreiben, als wären Sie nichts als ein Geldwechsler im Tempel.«

6 Die sich halb bewusste Seele

Annabel Lee lehnte sich mit beiden Ellbogen an die Rückseite eines winzigen Sandelholzstuhles und blickte auf mich herunter. Kalt fixierten wir einander, so, wie Freunde das mitunter tun.

»Sie«, sagte Annabel Lee, »haben eine sich halb bewusste Seele. So eine Seele, die, wenn sie eine Melodie hört, bis in ihre Tiefen hinein das Thema hört, doch dabei bloß die Hälfte seiner Bedeutung erfasst; doch weil sie sich dessen halb bewusst ist, weiß sie, dass sie nur die Hälfte begreift und die andere Hälfte schmerzlich vermisst. So eine Seele, die, wenn sie hinausschlendert ins tiefe Grün und dort eine Schattenfrau mit langem, dunklem Haar und bezaubernder Stimme trifft, bis ins Mark den Geist des Grüns und der Stimme der Schattenfrau spürt, jedoch nur die Hälfte dessen begreift, was sie sagen. Doch weil sie sich dessen halb bewusst ist, weiß sie, dass sie nur die Hälfte begreift und die andere Hälfte schmerzlich vermisst. So eine Seele, die, wenn sie aufs schlimmste geknebelt und gefesselt ist, weiß, weil sie sich dessen halb bewusst ist, dass sie geknebelt und gefesselt ist, jedoch weder weiß, wieso noch wozu oder ob es gut ist, was die andere Hälfte wäre – die sie schmerzlich vermisst. So eine Seele, die, sobald sie am wilden Himmel ein Donnern hört, aus dem Schlaf auffährt und lauscht – lauscht, doch weil sie sich dessen nur halb bewusst ist, kann sie bloß zuhören, nicht verstehen – und so hört es sich für sie an wie eine ihr unbekannte Stimme in einer ihr unbekannten Sprache, die in derselben Art Schwanengesang etwas erzählt wie ihr Herzensmensch – alles würde sie geben, könnte sie es sich übersetzen, wozu ihr aber die andere Hälfte fehlt. So eine Seele, die, wenn das Leben rings um sie sich vor ihr aufbaut und sagt: ›Jetzt betrachte das Leben!‹, das also tut und es betrachtet, da sie sich aller Dinge nur halb bewusst ist, doch aus demselben Grund guckt sie sich die Augen aus dem Kopf, um über die Schulter des Lebens ins Halbdunkel zu blicken – was eine Unmöglichkeit ist und die andere Hälfte. So eine Seele, die, wenn sich in ihre freundschaftlichen Gefühle Liebe mischt, lebhaft nur die Momente genießen kann, die sie in jedem Moment kreuzunglücklich machen, weil der Zweifel sie zermartert – denn sie ist sich aller Dinge nur halb bewusst und weiß daher, was ihr fehlt.

Trostlos ist das Dasein der sich nur halb bewussten Seele«, sagte Annabel Lee.

»Die sich vollständig bewusste Seele nimmt Dinge in ihrer Gesamtheit in sich auf, ohne sich Fragen zu stellen oder zu wundern – die sich halb bewusste Seele dagegen nimmt nur die Hälfte der Dinge in sich auf, und da sie weiß, dass es eine andere Hälfte gibt, wundert sie sich und stellt sich Fragen, bis ihr schwarz vor Augen wird.

Der Unterschied zwischen der sich vollständig bewussten und der sich vollständig unbewussten Seele besteht darin, dass Erstere positiv und Letztere negativ ist – wobei jedoch beide in ihrem Wesen Ruhe finden können. Dagegen weiß die sich halb bewusste Seele zwar, dass sie sich aller Dinge nur halb bewusst ist, weiß aber nicht, welcher Punkte sie sich bewusst und welcher sie sich nicht bewusst ist – denn glaubt sie, sich einer Sache bewusst zu sein, siehe da!, ist sie sich ihrer nicht bewusst, und glaubt sie, sich einer Sache nicht bewusst zu sein, so ist sie sich ihrer aufs heftigste, bitterste bewusst – so dass sie nirgends Ruhe finden kann.

Die sich vollständig bewusste Seele hält sich einen Spiegel vor Augen und betrachtet sich darin, ihre Färbung, ihre Beschaffenheit, ihren Reifegrad, ihre Sehnsüchte und Motivationen, ohne im hellen Tageslicht zusammenzuzucken; die sich vollständig unbewusste Seele weiß nicht, dass sie eine Seele ist, und benutzt nie einen Spiegel. Die sich halb bewusste Seele dagegen blickt im grauen Licht der Morgendämmerung in das Glas – sie sieht ihre Färbung, ihre Beschaffenheit, ihren Reifegrad, ihre Sehnsüchte – ihre Motivationen aber bleiben verborgen. Weit öffnet sie im grauen Zwielicht die Augen, um zu ergründen, worin diese ihr eigenen Motivationen bestehen. Sie kann es nicht herausfinden, kann aber ebenso wenig aufhören, es wenigstens zu versuchen.

Die sich vollständig bewusste Seele weiß um ihre Liebe, ihren Kummer, ihre Verbitterung, ihre Zerknirschung.

Die sich halb bewusste Seele weiß um ihre Liebe – und fragt sich, wieso sie überhaupt liebt, fragt sich, ob sie wirklich jemanden außer sich selbst lieben kann, und wundert sich, dass Liebe sie überhaupt kümmert; die sich halb bewusste Seele weiß um ihren Kummer – und rätselt, warum sie denn Kummer hat, weil sie die Wahrheit nicht erfassen kann; die sich halb bewusste Seele weiß um ihre Verbitterung und realisiert sogleich, dass sie zu Recht und aus gutem Grund verbittert ist – doch indem sie darüber nachdenkt, reißt sie eine alte Wunde auf; die sich halb bewusste Seele weiß um ihre Zerknirschung, ist aber überzeugt, zu Unrecht zerknirscht zu sein, da sie jede ihrer unwürdigen Handlungen endlos vorausbedenkt.

Die sich vollständig bewusste Seele ist ein gezüchtigter Geist und hat daher das ihr zugemessene Glück; die sich vollständig unbewusste Seele ist ein ungezüchtigter Geist, weil sie keine Züchtigung verdient – ebenso wenig aber hat sie irgendein Glück, da sie nicht weiß, ob sie glücklich oder etwas anderes ist: Die sich halb bewusste Seele dagegen wird gezüchtigt, wo sie es nicht verdient, und kommt ohne Züchtigung davon, wo sie diese reichlich verdient hätte – und ist darüber nicht glücklich, sondern obendrein unglücklich.

Ach, die arme sich halb bewusste Seele«, sagte Annabel Lee.

»Wie funkelnd erstrahlt das smaragdene Meer im Sonnenschein vor den Augen der sich halb bewussten Seele! – aber es verbrennt sie mit wildem Lodern.

Wie schmelzend süß ist der Duft der blauen Anemone für die sich halb bewusste Seele! – aber er verbrennt sie mit wildem Lodern.

Wie schön ist das bronzene Leuchten in den Augen des Herzensmenschen für die sich halb bewusste Seele! – aber es verbrennt sie mit wildem Lodern.

Wie freudig lauscht die sich halb bewusste Seele singenden Stimmen auf dem Wasser! – die sie verbrennen mit wildem Lodern.

Wie sicher dringen die wilden, süßen Bedeutungen draußen in der Luft in die Abgründe der sich halb bewussten Seele! – aber sie verbrennen sie mit wildem Lodern.

Wie zum Verrücktwerden glücklich ist die sich halb bewusste Seele in stillen Stunden beim Anblick einer einzeln auf dem Berggipfel stehenden Pinie! – die sie verbrennt mit wildem Lodern.

Wie zärtlich überkommt in der Totenstille durchwachter Nächte die Wahrheit die sich halb bewusste Seele! – aber sie verbrennt sie mit wildem Lodern.

Das Leben erscheint der sich halb bewussten Seele anschaulich, deutlich und aufschlussreich«, sagte Annabel Lee.

»Sie«, sagte Annabel Lee, »mit Ihrer sich halb bewussten Seele, wenn Sie auf der Mole sitzen, gegen die bei Flut die grauen Wogen branden, wenn Sie mit gesenktem Kopf und vor Kälte abgestorbenen Händen dort sitzen und lauschen, denken Sie, Sie begreifen Ihr Leben – Sie denken, Sie kennen seine Härte – Sie denken, Sie hätten die Grausamkeit ermessen, die man Ihnen zufügen wird; aber Sie kennen sie nicht. Sie kennen nur die Hälfte – und verzehren sich nach der anderen, und sei sie auch entsetzlich.

Dennoch – obwohl Sie sich all dessen nur halb bewusst sind, wenn Sie mit gesenktem Kopf und vor Kälte abgestorbenen Händen dort auf der Mole sitzen und lauschen, gegen die bei Flut die grauen Wogen branden … dennoch wissen Sie etwas von einem jeden der Dinge, die Sie umgeben.

Eine wundervolle Auffassungsgabe hat die sich halb bewusste Seele«, sagte Annabel Lee.

Ich blickte meine Freundin Annabel Lee durchdringend an. Nahm sie mich auf den Arm? Lachte sie mich aus? Denn sie nimmt mich durchaus auf den Arm, und sie lacht mich auch aus. Vertrieb sie sich also mit einem von beidem auch bei all diesen Ausführungen über die sich halb bewusste Seele die Zeit?

Hier aber ließ sie mich über ihre Gedanken wieder im Unklaren, und es gibt keine Möglichkeit, mehr zu erfahren.

7 Die Jugendbücher von Trowbridge

Es gibt zwei Schriftsteller unter all den anderen, denen ich für zahllose Stunden vollkommener Freude Dank schulde – nicht die Freude, die einen rührt und befeuert, sondern jene, die die gesamte Persönlichkeit erfüllt und den herkömmlichen, spannungslosen Verstand beruhigt und zufriedenstellt. Es ist dieselbe Freude, die mir zuteilwird, wenn ich allein esse – mitten am Tag Pfirsiche und eine schmackhafte, winzige Portion Lammragout.

Einer dieser beiden Schriftsteller ist J. T. Trowbridge, der Jugendbücher geschrieben hat.

Schon oft habe ich gedacht, das Leben wäre anders, wäre trüber gefärbt und weniger dick mit sahnig gelben Butterblumen gesprenkelt, hätte ich meinen Trowbridge nicht gekannt.

Schon oft habe ich dem glücklichen Los gedankt, das mir mein erstes Jugendbuch von Trowbridge in die Hände gelegt hat. Ich war damals vierzehn – ein Oktobertag, als ich in einem flachen, vom Wind durchfegten Städtchen namens Great Falls lebte, in Montana. Seit dieser Zeit haben mich die Jugendbücher von J. T. Trowbridge immer begleitet. Seither sind zwar erst sieben Jahre vergangen, doch selbst wenn sieben weitere, und nochmals sieben, ja sogar dreimal sieben Jahre vergangen sind, werde ich noch immer meine Ruhestunden, meine Freudenstunden, meine flauschig-tröstlichen, entspannten Stunden mit den Jugendbüchern von Trowbridge verbringen.

Wenn ich in ein Theater gehe, genieße ich das ausgiebig. Ein Theater ist eine gute Sache, zumal wenn der Schauspieler atemberaubend ist – doch wie begierig und froh komme ich in mein Zimmer zurück, wo süß und voller Pathos auf dem Schreibtisch ein getreulich nachgebildetes, kleines hellbraunes Reh steht und wartet.

Wenn ich ausgehe und in zwei Zimmern voller Leute unter lauter faszinierende Menschen komme, von denen ich schon gehört habe – Frauen in feiner Garderobe –, so mag ich auch das und möchte es nicht missen – aber wie herrlich erholsam und hinreißend ist es dagegen, in mein eigenes Zimmer zurückzukommen, wo tröstlich meine ruhige Freundin in einem vielgetragenen Hauskleid aus schwarzem Flanell sitzt und wartet – und ihre Hände sich so weich und gut anfühlen.

Wenn ich Goldschätze der Literatur lese – etwa Vergil oder einen der Brownings, oder Kipling –, bin ich bezaubert und gefangen. Ich wundere mich über diese Leute und wie sie schreiben können. Zumindest denke ich, wie wundersam das Schreiben doch ist – aber wie froh und dankbar kehre ich dann nach zwei oder drei Stunden zu meinen Jugendbüchern von Trowbridge zurück.

Sie handeln von Leuten, die auf Farmen leben, und sind so geschrieben, dass man erfährt, dass zwischen Weizenhalmen Säckelblumen wachsen und gejätet werden müssen und dass die Jungs des Farmers morgens vorm Frühstück und abends nach dem Abendbrot die Kühe zu melken haben. Denn in den Trowbridge-Büchern isst man Abendbrot – und selbst das ist einnehmend und köstlich.

Wenn die Jungen losgehen, um Kelpalgen zu sammeln, die auf den Äckern ausgebracht werden, und den ganzen Tag am Strand verbringen, essen sie geröstete Maiskolben, kalte hartgekochte Eier und Butterbrote und trinken drei Flaschen Fichtenbier – und wenn man die Trowbridge-Bücher wirklich kennt, kann man all das mitessen und -trinken, und zwar mit wundervollem Appetit.

Wenn ein schlaksiger Sechzehnjähriger loszieht, um das Pferd seines Onkels zu suchen, das in der Nacht gestohlen wurde (weil der Junge das Stalltor nicht abgeschlossen hat), so hat der schlaksige Sechzehnjährige auf seinem Weg entlang herrlicher Landstraßen und herausgeputzter Farmen in Massachusetts – wenn man die Trowbridge-Bücher wirklich kennt – nicht mehr Angst, das Pferd nicht zu finden, als man selbst. Wenn sie ihm nachsetzen, sind der Junge und der Leser zuerst viel zu niedergeschlagen und ängstlich, um etwas zu essen – denn der vergrätzte Onkel hat ihnen gesagt, ohne dieses Pferd bräuchten sie gar nicht zur Farm zurückzukommen. Lange vor Mittag aber sind sie dann doch froh, ein paar zusammengeklappte Butterbrotscheiben dabeizuhaben, die sie unterwegs essen können. Wenn sie das Pferd schließlich dabei entdecken, wie es seelenruhig in einem Rinderstall auf einem zwanzig Meilen entfernten Viehmarkt frisst, haben sie ziemlichen Hunger und kaufen sich in ihrer Freude ein Stück Pastete und ein paar Austern-Cracker, damit sie das Pferd nicht aus den Augen lassen müssen, während sie essen. Und der Leser – wenn er die Trowbridge-Bücher wirklich kennt – hielte hier gern inne, weil ihn Ärger erwartet. Würde er gern – aber er kann nicht. Er muss dranbleiben – er muss sogar in entscheidenden Kontakt mit Eli Badgers Hickoryknüppel kommen – er muss an dem Jungen dranbleiben, bis er ihn und das Pferd schließlich sicher auf Onkel Grays Farm zurückgekehrt sieht, das Pferd friedlich in seinem eigenen Stall beim Hafermampfen, der Junge mit wieder ungeschmälertem Appetit beim Abendessen und der vergrätzte Onkel wieder gut gelaunt. Und dann – wenn man Trowbridges Bücher kennt – kann man genauso beruhigt selbst essen.

Bleibt ein Junge nach dem Tod seiner Tante auf der Welt allein zurück und macht sich auf, um in Cincinnati seinen Onkel zu finden, so macht man sich – wenn man Trowbridges Bücher kennt – auf Entbehrung und Erschöpfung gefasst, genauso aber auf gelegentliche Sandwiches und Donuts (nicht die pappigen allerdings). Und immer weiß man, in dem Haus des Onkels in Cincinnati gibt es eine Zuflucht. Nur ist man – wenn man die Trowbridge-Bücher kennt – voller Befürchtungen, sobald man zur Tür des Onkels kommt, und möchte doch lieber draußen warten, während der Junge zu ihm hineingeht. Trowbridges Onkel neigen zu einem versauerten Herzen und Bitterkeit auf der Zunge und haben nichts als sarkastische Bemerkungen übrig für Jungen, die vom Land in die Stadt kommen, damit sie – die Onkel – das Privileg haben, sie zu unterstützen. Obwohl man natürlich weiß – wenn man die Trowbridge-Bücher kennt –, dass Trowbridges Jungen niemals mit dieser Absicht in die Stadt kommen. Auch die übellaunigen Onkel müssen das schon bald einsehen und ändern den Ton ihrer Bemerkungen dementsprechend – und nachdem sich die Neffen verdientermaßen etwas stolz gezeigt haben, geht alles gut. Woraufhin man ein noch größeres Gefühl von Befriedigung empfindet als der Junge und der Onkel, ja als Trowbridge selbst.

Doch diese gerösteten Maiskolben und kalten hartgekochten Eier zählen noch zu den minderen Freuden in den Jugendbüchern von Trowbridge. Das Faszinierendste an ihnen sind die Dialoge. Sie sind dermaßen echt, dass man die Stimmen hört und die Gesichtsausdrücke vor sich sieht.

Trowbridge ist einer von jenen, die Leuten doppelt und dreifach beim Reden zuhören, weshalb er sowohl den Grundton als auch das Detail wahrnimmt, zumal er über die Gabe verfügt, genau das aufschreiben zu können, was er vernimmt. Es ist niemals zu viel, niemals zu wenig; weil alles harmonisch ist, bemerkt man es gar nicht.

Es ist vollständig und absolut gewöhnlich.

Und es ist echt.

In den Jugendbüchern von Trowbridge und nirgends sonst hörte ich Jungs so miteinander reden, dass ich wusste, wie ihre Gesichter aussehen und wie achtlos offen sie ihre unterschiedlichen Kragen und dubiosen Hüte tragen. Einen habsüchtigen und beleidigten Alten hörte ich mit seinem Gehstock mit Horngriff auf den Küchenfußboden klopfen –

während die Familie beim Frühstück sitzt, ist er herübergekommen, um sie davon in Kenntnis zu setzen, dass ihr Hund fünf seiner Schafe getötet hat, und den Tod des Hundes zu verlangen. Vor sechs Jahren verfolgte ich den Unterricht und vieles andere in einem Schulzimmer auf dem Land mit, wo Jungen manchmal dadurch bestraft wurden, dass sie mit dem Rücken gegen die Tür auf dem nackten Boden sitzen mussten. Ich hörte den extremen Unmut in der Stimme eines anderen beleidigten und habsüchtigen Farmers, als ihm klar wurde, dass er gezwungen sein würde, ein Pferd herauszugeben, das gestohlen worden war, bevor er es gekauft hatte. Hier aber muss ich zitieren, so korrekt oder nahezu korrekt, wie ich es ohne das Buch kann:

»›Und verkaufte es diesem Mr. Badger‹ (sagte Kit) ›für siebzig Dollar.‹

›Siebzig popelige Mäuse!‹, rief Onkel Gray fassungslos aus. ›Jeder Blödmann dürfte doch wohl wissen, dass es mehr wert ist.‹

Er dachte dabei an Brunlow, aber Eli bezog die Bemerkung auf sich.

›Wusste ich sehr wohl‹, knurrte er. ›Darum hab ich es ja gekauft. Und bin verdammt froh jetzt, nicht mehr bezahlt zu haben.‹

›Klaro!‹, erwiderte Onkel Gray. ›Aber dir ist nicht in den Sinn gekommen, dass kein ehrlicher Kerl 'n ehrlichen Gaul so wie den für so eine Summe verkaufen würde?‹

›Wusste ich nicht‹, sagte Eli beleidigt. ›Was er erzählt hat, klang vernünftig. Man hat mich übers Ohr gehauen, das ist alles.‹

›Übers Ohr gehauen!‹, wiederholte Onkel Gray. ›Kann man wohl sagen, übers Ohr gehauen! Ich kenne den Mistkerl und kann mich nur wundern, dass irgendwer mit etwas Menschenverstand und Augen im Kopf ihn nicht auf der Stelle durchschaut hat.‹

›Vielleicht hab ich ja keinen Menschenverstand und vielleicht auch keine Augen im Kopf‹, sagte Eli mit trübem Glimmen dort, wo Augen gewesen wären, hätte er welche gehabt. ›Aber ich hab das nicht kommen sehen.‹

Kit beeilte sich, zwischen den beiden Männern zu vermitteln.«

Immer habe ich es bedauert, dass der Junge ausgerechnet da vermitteln muss.

Ich habe das Buch bestimmt siebenundsiebzig Mal gelesen. Jedes Mal aufs Neue höre ich die beißende Schärfe in dieser Unterredung über das Pferd. Weil sie zu lesen ebenso wenig Mühe erfordert, wie sie zu schreiben und wegen ihres profunden, unfehlbaren Sinns für Humor erscheint es mir absolut unmöglich, Trowbridges Bücher überdrüssig zu werden.

Wie flach derlei Äußerungen anmuten!

Man kann die Jugendbücher von Trowbridge gar nicht mit Worten beschreiben. Wo bliebe die Einfachheit, wo die ihnen eigene Natürlichkeit, wo jenes feine Zartgefühl für alle menschlichen Belange, wo die so überaus seltene Qualität ihrer Gewöhnlichkeit, die so befriedigend und beruhigend ist wie der Anblick eines kleinen grünen Rettichbeetes, wo jene innige Anteilnahme Trowbridges an seinen Charakteren und vor allem jene innige Anteilnahme an seinen Lesern, wo die Wahrheit selbst und wo die köstliche Gabe, die sonnigen Tage darzustellen, wie sie sind – wieso also von Trowbridge reden?

Steht es nicht alles in den Büchern?

Kann man sie lesen und nicht Ruhe darin finden?

8 »Gib mir drei Körner Mais, Mutter!«

»Nein«, sagte meine Freundin Annabel Lee, »dass ich Trowbridge mag, kann ich wirklich nicht behaupten. Alles, was Sie gesagt haben, ist bestimmt richtig, aber er schafft es nicht, mein Interesse zu wecken.«

»Was mögen Sie an Literatur?«, fragte ich und blickte sie erwartungsvoll an, weil sie davon nie geredet hatte. Es musste etwas für sie Charakteristisches sein.

»Mir gefällt Kraft, mir gefällt Einfachheit, und mir gefällt Gefühl, und mir gefällt alles, was lebendig ist. Und ich mag Gedichte lieber als Prosa. Gerade jetzt«, sagte Annabel Lee, »denke ich an ein paar altertümliche Verse, die für mich genau das sind, was ein Gedicht sein sollte. Wer sie geschrieben hat, braucht nichts anderes zu schreiben, denn sie sind echt – so wie Ihr Trowbridge.«

»Oh, mögen Sie sie mir aufsagen?«, fragte ich.

»Das Gedicht heißt ›Gib mir drei Körner Mais, Mutter‹. Es handelt von einer Hungersnot in Irland vor vielen, vielen Jahren – von einem jungen Burschen und seiner Mutter, die hungern.«

Und dann fuhr sie fort:

»›Gib mir drei Körner Mais, Mutter,
  Gib mir Maiskörner, drei,
Die halten mich vielleicht am Leben
  Bis zum ersten Hahnenschrei.
Ich sterbe vor Hunger und Kälte, Mutter,
  Sterbe vor Hunger und Kälte
Und lauter anderen Todesqualen,
  Von denen ich noch nie erzählte.

Sie nagen mir wie ein Wolf am Herzen, Mutter,
  Ein Wolf, der Blut gerochen hat

Jeden Tag seines Lebens und jede Nacht –
   Nagen an des Hungers statt.
Im Schlaf hab ich von Brot geträumt, Mutter,
   Und der Anblick war königlich –
Ich wachte auf mit grässlichem Hunger,
   Doch hattest du kein Brot für mich.

Wie konnte ich dich so ansehen, Mutter,
   Wie konnte ich das voller List,
Damit dein hungriger Junge Brot bekommt,
   Wo du genauso hungrig bist?
Denn der Hunger stand dir auf der Wange
   Und im Blick, so wild und matt,
Und ich spürte ihn in deiner Knochenhand,
   Als sie mich gestreichelt hat.

Die Königin hat Land und Gold, Mutter,
   Die Königin hat Land und Gold,
Während ihr Frauen an eure leere Brust
   Ein Säuglingsgerippe halten sollt –
Ein Baby, das an Auszehrung stirbt, Mutter,
   So wie ich jetzt sterben muss,
In seinen Augenhöhlen entsetzte Blicke,
   Auf seiner Stirn den Hungerkuss.

Was hat das arme Irland getan, Mutter,
   Was hat das arme Irland getan,
Dass die Welt zusieht, wie wir sterben,
   Hinschwinden Frau und Mann?
Kümmert es die Engländer nicht, Mutter,
   Die Herren mit hohem Bestreben,
Ob die Söhne von Erins Insel leiden,
   Ob sie tot sind oder leben?

Es gibt hier manch tapferes Herz, Mutter,
  Das Frost und Not zum Opfer fällt,
Indes am anderen Kanalufer, Mutter,
  Manch einer schwimmt im Geld.
Es gibt dort große, stolze Männer, Mutter,
  Deren Wohlstand ist nicht auszudenken –
Das Brot, heut Abend ihren Hunden hingeworfen,
  Würd dir und mir das Leben schenken.

Komm her und rück näher, Mutter,
  Rück näher und halt mich im Arm,
Wie du meinen Vater gehalten hast,
  Als der Tod zu ihm kam.
Schnell, denn ich kann dich nicht sehen, Mutter,
  Mein Atem geht schon ganz leis.
Mutter, liebe Mutter, eh ich sterben muss,
  Gib mir drei Körner Mais!‹

Was denken Sie«, sagte meine Freundin Annabel Lee, »ist das nicht voller Kraft, voller Poesie und Pathos?«

»Ja, es könnte gar nicht besser sein«, erwiderte ich. »Und es hat die nötige Einfachheit.«

»Und täuscht nichts vor«, sagte Annabel Lee.

»Und wer hat es geschrieben?«, fragte ich.

»Oh, irgendeine vergessene Engländerin«, sagte Annabel Lee. »Ich glaube, sie hieß Edwards. Bestimmt schrieb sie ab und zu ein Gedicht, und dann starb sie.«

»Und sind ihre Gedichte genauso vergessen?«, fragte ich nach.

»Ja, vergessen, außer von einigen wenigen. Aber wer sich daran erinnert, der erinnert sich noch lange daran.«

»Was ist also besser: dass sich viele an einen erinnern, allerdings nur kurz, oder von vielen vergessen zu werden, während sich ein paar wenige noch lange an einen erinnern?«

»Es ist unvergleichlich besser, wenn sich ein paar wenige noch lange an einen erinnern«, sagte Annabel Lee. »Vergessen zu werden von irgendjemandem, der sich einst an dich erinnert hat, fügt dem Herzen bitteren Schmerz zu.«

9 Relativ

»Glauben Sie nicht auch, Annabel Lee«, sagte ich zu ihr an einem Tag, an dem ich mich niedergeschlagen fühlte, »dass alle Dinge in Wirklichkeit relativ sind und dass die, welche jetzt vielleicht noch nicht so richtig relativ sind, es später doch werden, auch wenn ihnen das heftige Schmerzen verursacht?«

Annabel Lees Gesicht war friedvoll, und genau so war das Meer. Ersteres blickte von dem Bord zu mir herab, und Letzteres breitete sich aus und verlor sich in der Ferne.

Waren dieses Gesicht und dieses Meer relativ? Nein, das konnten sie gar nicht sein, da beide ja ihrem Wesen nach unbeherrschbar zu sein vermochten. Gaben die universellen Gesetze in extremen Momenten etwa nicht nach?

»Relativ!«, sagte Annabel Lee. »Nichts ist relativ. Ich sage es ihnen – nichts. Ich komme aus Japan. In Japan, als ich für alle noch sehr neu war, gab es eine hässliche Frau mit Froschaugen, die mich wusch, einölte und in Seide kleidete, während sie mich dabei so böse in meine kleinen weißen Arme zwickte, dass sich mein kleiner roter Mund vor Schmerz zusammenzog. Dabei blickte mir diese Frau mit ihren hässlichen Froschaugen derart froschäugig in meine leidenden jungen Augen, dass meine winzige junge Seele davon wie mit Drahtstiften gepiekt wurde. Die Frau mit Froschaugen machte das, um mir weh zu tun – sie hasste mich, weil ich eines der so liebreizenden Geschöpfe in Japan war. Sie war eine ekelhafte, hässliche Kröte.

Das war nicht relativ. Ich sage es Ihnen – das war nicht relativ«, sagte Annabel Lee.

»Wäre ich ein plumpes, missgestaltetes, blutleeres Tier gewesen und diese Frau mit den Froschaugen hätte mich in meine kleinen weißen Arme gezwickt – immer noch wäre *sie* eine ekelhafte, hässliche Kröte gewesen.

Wäre ich ein böser Geist gewesen und diese Frau mit den Froschaugen hätte mir froschäugig in die bösen Augen geblickt – immer noch wäre *sie* eine ekelhafte, hässliche Kröte gewesen.

Wäre ich ein hassenswertes kleines Etwas gewesen anstatt ein sanftmütig erzogenes, sanftmütig lebendes Mädchen voller Erbarmen mit den Armen und hätte mich diese Frau mit den Froschaugen von ganzem Froschherzen gehasst – immer noch wäre *sie* eine ekelhafte, hässliche Kröte gewesen.

Wäre diese Frau mit den Froschaugen in Japan allein gewesen und hätte es kein menschliches Wesen gegeben, das man mit ihr hätte vergleichen können – immer noch wäre die Frau mit den Froschaugen eine ekelhafte, hässliche Kröte gewesen.

Sie hat meiner schönen Seele ihr grauenvolles Froschmal aufgedrückt. Nichts unter der angebeteten Sonne kann das grauenvolle Froschmal je von meiner schönen Seele tilgen. Tausendmal verflucht sei die hässliche Frau mit den Froschaugen«, sagte Annabel Lee ruhig.

»Also ist das einerseits zwar nicht relativ«, sagte ich. »Andererseits aber kann das auch an der Kraft und der Tiefe Ihrer Augen und Ihrer schönen Seele gelegen haben. Gäbe es nämlich weder Augen noch die schöne Seele – zumindest, wenn man Augen und schöne Seele nicht als eigenständig betrachtet, sondern als Dinge ohne Lebensempfindung –, wären die Dinge dann nicht relativ?«

»Nichts ist relativ«, sagte Annabel Lee. »Wäre das prächtige Fell Ihres Hundes voller Flöhe und würden Sie Ihren Hund streicheln, so hätten Sie augenblicklich selber lauter Flöhe. Sie lieben zwar den Hund, die Flöhe aber nicht. Aus Liebe zu dem Hund vergeben Sie den Flöhen, auch wenn Sie sie nicht weniger hassen. Also ist das nicht relativ. Wäre es relativ, würden Sie die Flöhe aus demselben Grund, weswegen Sie ihnen vergeben, wenigstens ein bisschen liebhaben: aus Liebe zu Ihrem Hund. Vergebung ist ein negativer Wert und kann sich auf Ihre Haltung zu Flöhen nicht auswirken.«

Kaum hatte sie dies gesagt, blickte Annabel Lee friedvoll über meinen Kopf hinweg aufs Meer.

Wenn sie in so ausgeglichener Stimmung ist, spricht sie anmutig, gleichmäßig und bestimmt und ist wunderschön anzusehen.

Das besagte Thema hatte mich nun doch in einige Verwirrung gestürzt. Dennoch wollte ich unbedingt alles wissen, was Annabel Lee darüber dachte.

»Annabel Lee«, sagte ich, »was würden Sie zu einem Fall wie diesem sagen: Angenommen, eine Seele liegt mit allem im Streit, wovon sie berührt wird, allem, was das Leben ausmacht, so dass sie sich erbittert durch endlos lange Tage und Nächte kämpfen muss – ist das dann nicht so, weil die Seele keinen Sinn für Ausgewogenheit besitzt und sich selbst zu nichts und niemandem auf der Welt wirklich in Relation gesetzt hat? – so dass sie von etwas Festem berührt würde, zugleich aber von etwas Weichem; so dass sie um verstrichene Tage trauern, zugleich aber über kommende jubeln würde; so dass ihr liebster Mensch ihr eine tiefe Wunde zufügen, zugleich aber ihr liebster Feind ihr eine große Freude bereiten würde.«

»Nichts ist relativ«, sagte Annabel Lee wieder. »Nichts kann relativ sein. Nichts muss relativ sein. Reibt sich eine Seele in täglichen und nächtlichen Kämpfen auf, so liegt das einzig und allein an der Seele, an nichts anderem, *nichts*. Reibt sich eine Seele in Kämpfen auf, so macht das nur umso mehr einen Narren aus ihr. Sie reibt sich wegen Dingen auf, die sich ihretwegen nie, *niemals* aufreiben würden. In Wahrheit würde sich nichts davon nur ein Millionstel eines Zentimeters wegen eines so läppischen Dings wie einer Seele bewegen.«

Ich sah Annabel Lee an, ihr Haar, ihre Hände und Augen. Als ich sie so ansah, fiel mir das Wort »Ewigkeit« ein.

Wahrlich, ein menschliches Wesen ist etwas ziemlich Wundervolles – und Großartiges –, ja, es gibt nichts Großartigeres.

Annabel Lee ist eine Person, die immer die Wahrheit sagt, denn für sie gibt es gar nichts anderes zu sagen.

Sie hat jenen wundersamen Punkt erreicht, an dem ein menschliches Wesen nichts erwartet.

»Annabel Lee«, sagte ich, »wenn die Tage eines Lebens erst licht werden aufgrund von zwei anderen Leben, die ihm lieb sind, und wenn diesem Leben eines Tages beim Gedanken an die beiden, die es liebt, unerwartet bleiern schwer ums Herz wird – was kann es dann droben im Himmel, unten in der Erde oder in den Wassern unter der Erde geben, das seinen Überdruss beiseitewischt?«

»Albernes Leben«, sagte meine Freundin Annabel Lee. »In Japan kennt man nichts Schmerzhafteres, als jemanden oder etwas zu lieben. Und ist der-, die- oder dasjenige das Einzige, was jenes Leben sein eigen nennen kann, so ist es arm dran. Was es nötig hat, ist dreierlei: eine Bleibe droben im Himmel, ein Stückchen Festigkeit unten in der Erde und eine letzte Zuflucht in den Wassern unter der Erde. Diese drei – die aber noch kein Leben je alle hatte.«

»Am Ende«, sagte ich, »wenn alle langen Straßen ineinandermünden und jedes beladene Herz Ausschau hält nach dem, was kommen mag, gibt es dann nicht doch die eine große Richtigstellung, und das Leben und alles andere werden aus heiterem Himmel glorreich relativ?«

»Niemals – so kann es gar nicht sein. Nichts ist relativ«, sagte Annabel Lee an einem Tag, an dem ich mich niedergeschlagen fühlte.

10 Minnie Maddern Fiske

Heute gingen meine Freundin Annabel Lee und ich ins Theater und sahen eine wundervolle und faszinierende Frau mit langem, dunkelrotem Haar auf der Bühne.

Sie ist attraktiv, diese rothaarige Frau – hinreißend attraktiv. Und sie erinnert einen an vieles.

Annabel Lee war von ihrem Spiel ganz begeistert und fand sie selber bezaubernd – so wie auch ich.

»Glauben Sie, sie findet das Leben sehr beglückend?«, fragte ich meine Freundin.

»Ich glaube nicht«, erwiderte meine Freundin, »dass sie zu denen gehört, die sich fragen, ob das Leben beglückend ist oder nicht. Wahrscheinlich arbeitet sie viel zu hart, um sich auf irgendwelchen Unfug einzulassen.«

Woraufhin wir beide in tiefes Nachdenken darüber versanken, wie glücklich doch jene sind, die viel zu hart arbeiten, um sich auf irgendwelchen Unfug einzulassen.

»Aber es wird doch wohl«, sagte ich, »ein paar Monate geben, vielleicht im Sommer, in denen sie nicht arbeitet. Ich habe ja gehört, manche Schauspieler nehmen sich Häuser in den Bergen und machen da zur Erholung selber den Haushalt.«

»Ich«, sagte Annabel Lee, »kann mir diese Frau mit den roten Haaren nicht so richtig dabei vorstellen, wie sie zum Vergnügen Brot backt oder Pfannen und Töpfe scheuert. Aber sehr wahrscheinlich macht sie manchmal Urlaub auf dem Land, und ich kann sie mir gut vorstellen bei den verschiedenen kleinen Vergnüglichkeiten, die Berühmtheiten sich leisten können – wie barfuß in einem schmalen Bächlein zu waten oder unbekümmert immer höher in einer Fassdaubenhängematte zu schaukeln.«

»Und wo sie schon auf der Bühne so hinreißend ist«, rief ich aus, »wie bezaubernd wäre sie erst, würde sie barfuß in dem Bach waten oder in der Fassdaubenhängematte schaukeln – sie mit ihrem langen roten Haar! Vielleicht trüge sie es ja sogar zu zwei langen Zöpfen geflochten auf dem Rücken.«

Es ist ein Bild, das mich verfolgt – Mrs. Fiske mitten in ihrem Urlaub bei lauter kleinen Vergnüglichkeiten.

»Natürlich *wissen* wir nicht«, sagte meine Freundin Annabel Lee, »ob sie ihren Urlaub nicht auf einer der üblichen hübschen, dämlichen Yachten oder irgendeinem prachtvollen, abgeschmackten amerikanischen oder englischen Landsitz verbringt. Wir können ihr nur mit der Wohltat des Zweifels dienen.«

»Ja, der Wohltat des Zweifels«, gab ich zurück.

Wie faszinierend war es allerdings, wenn sich ihre Persönlichkeit vermengte mit der von Maria Magdalena!

Die Magdalena ist dann nicht länger ein schattenhaftes Ideal mit irgendwie drallem, dürftig verhülltem Körper, mit undefinierbarem Haar und von jener leblosen Schönheit, die die alten Meister gemalt haben. Auch ist sie nicht mehr ganz die Frau, die einem in der Heiligen Schrift ohne die Eigenschaft der sogenannten lokalen Einfärbung präsentiert wird, dafür aber mit einem Übermaß jener Eigenschaft, die bei der Schilderung von Frauen in der Heiligen Schrift stets präsent ist – etwas zwischen Unreinheit und am Ende kompletter Zurücknahme.

Nein, Maria Magdalena ist Mrs. Fiske, eine schlanke Frau, die noch immer jugendlich wirkt, mit sich ungeduldig bewegenden Schultern, die gefühlvoll unbeschreibliche Lebendigkeit zum Ausdruck bringen, und zwei ihres Amtes waltenden Lippen – ihr Amt besteht im Färben, Betören, Einparfümieren und Salben der Wörter, die sie von sich geben. Abgesehen von diesen Lippen hat Maria Magdalenas Gesicht einen wundervoll runden und kindlichen Ausdruck, zumal ihre runden Augen einem auf den ersten Blick eine Vorstellung von entschiedener Unschuld vermitteln. Im Gesicht der

Magdalena – und jenem einer Schauspielerin von Mrs. Fiskes Rang – hat dies ein wunderschön zartes Missverhältnis zur Folge.

Und meine Freundin Annabel Lee erläuterte mir, dass zarte Missverhältnisse das Allerkräftigste sind – das Allerkräftigste auf der ganzen weiten Welt. Denn sie lassen einen abwägen – und indem man abwägt, wartet man.

Wer könnte Maria Magdalena etwas vorwerfen – da sie solche runden, unschuldigen, unbestimmbar grauen Augen hat?

In den späteren Akten des Stücks gehen diese Augen einen Schritt über die Unschuld hinaus: Es hungert und dürstet sie nach Gerechtigkeit. Und oh, lieber Himmel (dachte man bei sich), wie gut sie darin waren! Nach Gerechtigkeit zu hungern und zu dürsten – nicht sie, sondern ihre Augen. Das war die Kunst dieser Maria Magdalena.

Diese Maria Magdalena hat, obwohl sie ja noch immer jugendlich wirkt – nichts deutet auf ihr tatsächliches Alter hin –, unter dem Kinn doch eine ganz reizende Rundung aus Fleisch angesetzt, aus der eines Tages mit Sicherheit ein Doppelkinn werden wird. Noch aber ist das bezaubernd. Es gibt Mädchen und mädchenhafte Jungen von sieben oder acht Jahren, deren volles Kinn eine Vorstellung von Unschuld und Unerfahrenheit vermittelt, und eben das gelingt in einem Maß, das selten ist, Maria Magdalenas Kinn – zumal sie die dazu passenden Augen hat. Jede andere Schauspielerin hätte sich diese Kinnfülle schon längst wegmassiert. Ja, wahrscheinlich ist diese Schauspielerin die einzige, die einem solchen Ding Anmut verleihen kann.

Mit seiner tiefen Röte ist Maria Magdalenas Haar in den ersten Akten des Stücks voller Verachtung und Angriffslust. In den letzten aber erlangt es wundersames Pathos. Und wenn man so will, liegt ja eine Welt voller Pathos in rotem Haar.

Hätte Maria Magdalenas Haar eine andere Farbe – wären die bronzenen Schattierungen gelbe, graue, schwarze oder braune Schattierungen –, so hätte sie ihre Lippen und ihre Schultern vergebens.

Auf der Bühne steht Maria Magdalena mit dem Rücken zu ihrem Publikum – ruhig und gelassen steht sie für drei oder vier Minuten vor dem sich hebenden oder senkenden Vorhang und gestattet allen huldvoll, sich bewundernd an der Röte ihres Haars zu laben.

»Sie weiß«, sagte meine Freundin Annabel Lee, »sie kann ihr Gesicht dazu bringen, dass es betört – und sie weiß ebenso, dass ihr Haar betörend ist, ohne dass sie es dazu bringen müsste. Und nach ihrem Dafürhalten soll die gesamte Welt das genauso wissen.«

Sie hat Willenskraft, diese Maria Magdalena. Ihr Wille, ihre Kraft, ihre Fähigkeit, ihre ganze Stärke in sich zu bündeln, machen sie derart betörend – und verführen den Verstand jener, die vor ihr sitzen und dabei zusehen, wie sie sich auf der Bühne bewegt.

Sie kontrolliert all ihre mentalen und körperlichen Fähigkeiten mit metallener Präzision – abgesehen von ihrem Haar, das sie unkontrolliert seine Arbeit machen lässt. Es macht seine Arbeit sehr gut.

Sie hat die Beweglichkeit ihrer Lippen kultiviert, wahrscheinlich durch harte Arbeit und endlose Geduld – und macht sie mit Lippenrouge feucht und glänzend. Sie trägt schichtenweise Creme auf die glatte, volle Haut ihres Gesichts auf. Sie verteilt tonnenweise Puder auf den weißen Armen. Und die Lider und die Wimpern ihrer Kinderaugen sind bis zum Gehtnichtmehr beladen mit Kajal. Abscheu erfüllt einen, wenn man sie durch ein Fernglas betrachtet. Ihre Stimme wurde seit Jugendtagen trainiert, mit ganzer Kraft zu vibrieren, mitzureißen und wenn nötig ausgenommen zart zu klingen, und sie folgt dem Geheiß ihrer Eigentümerin nunmehr fügsam und geschickt. Da ihre Eigentümerin so ungestüm ist, wie sie sich mit ganzer Kraft auf sich selbst konzentriert, ist die Stimme zumeist unwiderstehlich, kalt und kräftig. So ist sie unwiderstehlich, kalt und kräftig und zugleich voller Herablassung, wenn ihre Eigentümerin sagt: »Mein Fluch über euch!« Sobald die Augen ihrer Eigentümerin nach Gerechtigkeit hungern und dürsten, lässt die Stimme bei denen, die dasitzen und zuhören, ein Gefühl von elender Beklommenheit in der Kehle aufsteigen. Jede Empfindung, die die Stimme preisgibt, wird weitervermittelt an die betörten Gehirne derer, die dasitzen und zuhören. Die rothaarige Frau treibt ihr Publikum in quälende Tonhöhen hinauf – während sie ihr ehrliches Einkommen so gelassen wie kaltblütig im Schweiße ihres Angesichts verdient.

Wahrlich, so ist es immer.

Wäre all die Bitterkeit und Bekümmerung der rothaarigen Frau echt, würde das Publikum ungerührt dasitzen. Wären Bitterkeit und Bekümmerung der rothaarigen Frau echt, sie würden nach innen zielen – anstatt nach außen Richtung Publikum –, so dass das Publikum nichts davon wüsste. Wären Bitterkeit und Bekümmerung der rothaarigen Frau echt, sie würden nicht echt erscheinen und wären gänzlich uninteressant. Und sehr wahrscheinlich ist das der Grund, weshalb die Bitterkeit und Bekümmerung anderer rothaariger Frauen – und schwarzhaariger, brünetter, blonder, grauer und schlohweißer Frauen, die nicht auf der Bühne stehen – so uninteressant und wirkungslos ist. Sie sind zwar echt, aber weil sie sie nicht ausleben können, erscheinen sie nicht echt – und man muss kein Geld ausgeben, um sich das anzusehen.

Damit ihre Bitterkeit und Bekümmerung echt erscheinen, müssten sie kaltblütig zu Werke gehen, beides übertreiben und einem ein rundes Sümmchen dafür abknöpfen.

Um das zu tun, ist Maria Magdalena nicht hier, aber Mrs. Fiske nimmt ihren Platz ein und macht es für sie.

Sie macht es ausnehmend gut.

Könnte Maria Magdalena persönlich – die aus der Bibel – unter denen sitzen, die zusehen, sie würde mit Sicherheit voller Bewunderung staunen.

Was mich betrifft, so habe ich inzwischen zwei Visionen von dieser Maria Magdalena.

Zum einen – in einem der Akte, in denen ihre Augen nach Gerechtigkeit hungern und dürsten – wenn sie an einem kleinen Tisch sitzt und ihre pathetische, süße Stimme mit den Worten erhebt: »Wenn der Tag anbricht und das Dunkel schwindet«; und dann steht sie da, und das rote Haar ist genauso pathetisch und auf zweierlei Weise betörend, und sie sagt noch einmal: »Wenn der Tag anbricht und das Dunkel schwindet.« Und das andere Bild von ihr zeigt sie mitten an einem Sommertag, unter einem Sommerhimmel auf dem Land, wie sie unbekümmert immer höher in einer Fassdaubenhängematte schaukelt.

11 Wie eine Mauer aus Stein

Meine Freundin Annabel Lee hat zu mir gesagt, es warte weit Bittereres auf mich, als ich bisher kennengelernt hätte.

Immer wieder frage ich mich seither, was damit wohl gemeint sein kann.

»Wenn es erst so weit ist«, sagte meine Freundin Annabel Lee, »werden diese Dinge so bitter sein und so gut in Ihr Leben passen, dass Sie sich erstens wundern werden, nicht schon immer davon gewusst, und zweitens, sie nicht schon immer durchgemacht zu haben.«

»Meine bittersten Erfahrungen«, sagte ich, »hatten mit der wechselhaften Freundschaft zu diesem oder jenem Menschen zu tun, den ich liebgehabt habe.«

»Wechselhafte Freundschaft?«, fragte Annabel Lee. »Freundschaft ist doch nicht wechselhaft.«

»Nein, das ist wahr«, gab ich zurück. »Ich meine die wechselhafte Enttäuschung durch diesen oder jenen Menschen, den ich liebgehabt habe.«

»Mit der Zeit werden Sie mehr lieben«, sagte meine Freundin Annabel Lee, »und enttäuscht werden Sie aus heiterem Himmel und viel bitterer. Es wird eine reiche Erfahrung.«

»Wieso reich?«, fragte ich nach.

»Weil Sie daraus«, sagte meine Freundin Annabel Lee, »lernen werden, nicht zu viel zu sehen, nicht von Beginn an zu vertrauen, sondern anzunehmen, was die Götter bescheren, und sich zu bemühen, dafür dankbar zu sein. In dieser Hinsicht waren Ihre bisherigen Erfahrungen ziemlich armselig. Sie lassen Ihnen Hoffnungsschimmer, ohne die Sie besser dran wären. Sie sind armselig und bitter. Die auf Sie zukommen, werden reich und viel bitterer sein. Ihre Bitterkeit wird Sie davon abhalten, ihren Reichtum wertzuschätzen – bis vielleicht Jahre kommen, in denen sie sich vor Ihren Augen in nichts auflösen. Sobald sie dort sind, wo Sie sie nicht mehr sehen können, können Sie sie betrachten und ihren Reichtum wertschätzen.«

»Was immer sie sein mögen«, gab ich zur Antwort, »ich glaube nicht, dass ich ihren Reichtum je wertschätzen kann.«

»Dann werden Sie sehr undankbar sein«, sagte meine Freundin Annabel Lee.

Ich blickte sie durchdringend an – und sie erwiderte meinen Blick. Es gibt Zeiten, in denen hat meine Freundin Annabel Lee viel von einer Mauer aus Stein.

»Ja«, sagte meine Freundin Annabel Lee, »sollte Ihnen je danach sein, gehörige Dankbarkeit für das Gute in diesem Leben zu äußern, so stellen Sie sicher, Ihre Dankbarkeit für das Richtige zu äußern. Höchstwahrscheinlich wird Ihre Dankbarkeit nicht sehr groß sein, und Sie werden deshalb nichts davon vergeuden wollen – doch die Sie verspüren, wird von vortrefflichster Güte sein. Denn sie wird zunehmen, und die Zunahme wird sich ganz in der Güte niederschlagen. Dasjenige aber, wofür Sie unbedingt dankbar sein müssen, sind Ihre bitteren Erfahrungen. Hatten Sie je vor, in Dankbarkeit auszubrechen angesichts dieser salzigen Luft, die vom Meer hereinkommt, angesichts jener Linie aus Perlmutt und Violett, die man knapp über dem Horizont sieht, angesichts der Gesundheit Ihres Körpers, angesichts des Schlafs, der Sie am Tagesende überkommt, angesichts von irgendetwas Derartigem – dann verwerfen Sie diese Idee auf der Stelle. Alle diese Dinge sind schön und gut, richten sich aber nicht wirklich an Sie. Sie sind bloß dort platziert, wo sie jeder ohne große Mühe erreichen kann. Den freundlichen Parzen ist es gleich, ob Sie in ihren Genuss kommen oder nicht. Ihre Verantwortlichkeit endet, sobald sie sie dort lassen. Bittere Erfahrungen aber verteilen sie an jeden Menschen persönlich. Was sie an Sie verteilen, Mary MacLane, ist nur für Sie. Sagen Sie nicht, *sie* würden nie an Sie denken.«

»Ich habe nicht die Absicht, das zu sagen«, sagte ich.

»Sie werden herausfinden«, sagte meine Freundin Annabel Lee – ohne meine Unterbrechung zu beachten und mit seltsamem Ausdruck in ihrer Stimme und auf ihren roten Lippen –, »Sie werden herausfinden, dass diese bitteren Erfahrungen von Zeit zu Zeit in Ihrem Leben auftreten, wie so viele Meilensteine. Von daher sind sie nützlich, denn natürlich will man hin und wieder entlang der Strecke Maß nehmen, um zu sehen, welche Fortschritte man gemacht hat. Auf einigen Streckenabschnitten werden Sie Ihre Fortschritte exorbitant finden. Sind Sie dankbar und voller Wertschätzung, werden Sie am letzten Meilenstein, zu dem Sie es bis dahin geschafft haben, Ihre Dankbarkeit gegenüber den freundlichen Parzen angemessen äußern. Das heißt … nein –«, sagte meine Freundin Annabel Lee, »Sie werden das nicht *an* dem Meilenstein tun, sondern nachdem Sie ihn passiert haben und um eine Ecke gebogen sind, so dass Sie ihn nicht einmal mehr sehen, wenn Sie zurückblicken.«

»Aber warum soll ich dort Dankbarkeit zeigen?«, fragte ich nach in einem Ton, der ziemlich teilnahmslos wirken musste.

»Warum?«, wiederholte meine Freundin Annabel Lee. »Weil Sie dank dieser Meilensteine an Stärke gewonnen haben werden; weil Sie gelernt haben werden, alles ruhig hinzunehmen. Weshalb Sie, wage ich zu behaupten, nach dem allerletzten Meilenstein imstande wären, mit gefalteten Händen dazusitzen, während rings um Sie laut krachend ein Haus in Flammen aufgeht!«

»Was wirklich ein ziemlicher Triumph wäre«, sagte ich.

»Ein Triumph? – Ein Sieg!«, sagte meine Freundin Annabel Lee – mit noch seltsamerem Ausdruck. »Nur dass Siege nicht das sind, was diese Welt sieht« – was mich an Dinge erinnerte, die ich vor so vielen Jahren jeden Sonntag in der Schule gehört hatte. »Erinnern Sie sich an die Geschichte von den zehn Jungfrauen? Nimmt man die Geschichte wörtlich«, sagte meine Freundin Annabel Lee, »dann ist das Los der fünf törichten Jungfrauen das viel glücklichere. Es war eine maßlos bittere Erfahrung für sie, ausgerechnet zu einem Zeitpunkt kein Öl für ihre Lampen zu haben, als sie dringend Öl brauchten. Sie erhielten unendlich viel mehr, als sie verloren. Was die fünf klugen Jungfrauen angeht – tja, unter *keinen* Umständen wäre *ich* gern eine von ihnen gewesen«, sagte meine Freundin Annabel Lee. »Stellen Sie sich vor, wie elend, gemein, stumpfsinnig, phantasielos und eigensüchtig man sein muss, um ungerührt zu bleiben von der simplen Bitte: ›Gebt uns von eurem Öl, denn unsre Lampen verlöschen.‹ Für sie«, sagte meine Freundin Annabel Lee, »muss es nun hundert Mal bitterer sein, sich für alle Zeit abgeurteilt zu sehen als Dämoninnen der Eigensucht – weshalb sie seither dort sind, wo sie ihre Verbitterung selbst anhand von Meilensteinen nicht ermessen können dürften.

Insofern ja«, sagte meine Freundin Annabel Lee – »was immer Sie auf Ihrem weiteren Lebensweg tun werden, denken Sie daran, sich Ihre Dankbarkeit für die bitteren Erfahrungen aufzusparen – und daran, dass die bitterste *Ihnen* noch bevorsteht.«

»Haben *Sie*, Annabel Lee«, fragte ich, »diese bevorstehende bitterste Erfahrung denn schon gemacht – und können Sie mitten in einem brennenden Haus mit gefalteten Händen dasitzen?«

»Ich doch nicht!«, sagte meine Freundin Annabel Lee und lachte fröhlich.

Wieder blickte ich sie durchdringend an – und sie erwiderte meinen Blick.

Ohne Frage gibt es Zeiten, in denen ist meine Freundin Annabel Lee wie eine Mauer aus Stein.

12 Sich verlieben

»Ich war irre verliebt«, sagte meine Freundin Annabel Lee. »Einmal kam einer aus dem Land im Norden, der war dunkel und kräftig und tapfer und voller Lebensfeuer. Mein ganzes kurzes Leben bis dahin war ein Baden im Sommer gewesen. Ich hatte dreizehn Jahre lang oben auf einem Hügel unter lauter Kirschblüten nichts als geträumt.

Doch als dieser Mann aus dem Land im Norden kam, da machte ich meine tiefdunklen Augen auf, und die Welt wurde weiß – köstlich, hinreißend, göttlich weiß.

Und danach war alles bleiern grau.

In einiger Entfernung von dem hohen Kirschblütenhügel lag ein Stück rotes, unfruchtbares Ödland, von dem Felsen aufragten – und jenseits davon ein ruhiges, ruhiges Meer, das nichts als blau war.

Links von dem hohen Kirschblütenhügel erhob sich ein Berg, bedeckt von grünem Efeu – dunkelgrünem Efeu, dessen grünen Umriss man gegen den leuchtendgelben Himmel dahinter deutlich erkannte. ›Grün und gelb, grün und gelb, grün gelb‹, sagten der Himmel und der von Efeu bedeckte Berg.

Den hohen Kirschblütenhügel färbten alle Farben Japans.

Ich lebte da mit Leuten – meiner Mutter und meinem Vater und ein paar anderen –, alle mit bleichem Gesicht und tiefdunklen Augen.

Doch einige von ihnen waren sehr hässlich.

Dann kam einer aus dem Land im Norden, der war dunkel und kräftig und tapfer und voller Lebensfeuer.

Er war hässlich, aber sein Gesicht war vollkommen.

Auf der Stelle verliebte ich mich in ihn. Von alledem, das es in Japan gibt – was wäre so, wie sich zu verlieben!

Wo sich das rote, unfruchtbare Ödland unter mir erstreckte, sah ich in vielfältiger Form Sanftes, etwa die Brust einer

Taube, das Auge eines Kitzes, Kanada-Lilien, und die düster aufragenden Felsen waren das Zuhause von Veilchenträumen.

Im dunklen Grün des Efeubergs fand meine Seele bei Einbruch der Nacht Ruhe zwischen Geheimnis und Schatten. In wundersamem Frieden strich sie dort umher. Und die Kühle und der Dunst und das leise Murmeln des Windes und die Nachtvögel drangen mit aufwühlender, machtvoller Überlegenheit in sie. Auch die Stimmen aus der weit zurückliegenden Vergangenheit kamen hervor aus dem grünen, dunklen Efeu und aus den Spalten des grauen Gesteins darunter, und in der Stille erzählten sie mir lauter Wahres.

Aus der Tiefe des Himmels von leuchtendem Gelb – dem Gelb polierten Messings – kamen zahllose Widersprüchlichkeiten, so alt wie die Erde. Und eine wunderliche Paradoxie und Parallele, die es unter den Kirschblüten nicht gegeben hatte, kam mir in den Sinn, als ich über all dies nachdachte. Ich fragte mich: ›Bin ich so verliebt, weil ich schwach bin, oder weil ich stark bin? Denn ich sehe hier beides, Schwäche und Stärke.‹ Und ich fragte mich: ›Bin ich bei alldem ich selbst? Oder war ich die, die unter den Kirschblüten lebte?‹ Ich fragte mich: ›Wer bin ich? Was bin ich?‹

All dem zu Füßen lag das blaue, weite Meer. Dieses Meer sonderte einen weißen Nebel ab, der aufstieg und sich über die Erde legte. Da wusste ich ein für alle Mal, dass ich verliebt war.

Die Welt war weiß. Die Welt war schön. Die Welt war göttlich.

Mit seinen zahllosen Möglichkeiten leuchtete das Leben in dem unbeschreiblichen Nebel auf. In meiner Nähe sprachen Stimmen, und unendlich viele Stimmen riefen mich von weitem – sie klangen mal deutlich, mal schwach, mal unerträglich weich und mal zart, und meine Seele antwortete ihnen mit ohrenbetäubender, freudiger stiller Musik.

Der aus dem Land im Norden, der dunkel war und kräftig und tapfer und voller Lebensfeuer, kam so manchen Tag auf den hohen Kirschblütenhügel. Er sprach oft und von vielen Dingen. Er sprach mit den Leuten – mit meiner Mutter und mit meinem Vater und mit anderen. Und selten sprach er mit mir. Selten sah er mich an. Er war durch die weite Welt gereist. Er kannte wundervolle Frauen und wundervolle Männer. Er war mit allem in Berührung gekommen.

Was war er für ein Mensch!

Und von alledem, das es in Japan gibt – was wäre so, wie sich zu verlieben!

Als drei Tage vorüber waren, kannte mein Herz eine größere Glückseligkeit als alle, die es sich erträumt hatte. Es kannte alle Geheimnisse und alle Fülle.

Nach drei Tagen wurde die Welt zu diesem himmlischen Weiß und war weiß für sieben Tage.

Und danach war alles bleiern grau.

Der aus dem Land im Norden kehrte zurück in das Land im Norden.

Von alledem, das es in Japan gibt – was wäre so, wie sich zu verlieben!

Ich war in diesen Mann nicht verliebt, weil er ein Mann war oder weil er sonderbar und faszinierend war – sondern weil er ein herrlicher Mensch war.

Mein Herz wandte sich diesem Mann nicht zu, um ihn zu freien. Freien und Sich-freien-Lassen geschieht bei Verliebten unbewusst.

Diesen Mann aus dem Land im Norden zu sehen – seine Stimme zu hören –, bedeutete mir das Leben und alles andere – das Leben und alles andere.

Aber er war verschwunden.

Zurück ließ er Schweigen und Überdruss.

Sie kamen und verdrängten das Weiß aus meinem Herzen und fanden für sich selbst dort eine Behausung.

Und alles war bleiern grau.

Das Bild vom Leben und das Geheimnis und der Schatten, die mir enthüllt wurden, als die Welt weiß war, sind nie verschwunden. In meinen Jugendtagen haben sie mich mit einem uralten Schrecken erfüllt.

Von alledem, das es in Japan gibt – was wäre so, wie sich zu verlieben!

Sich verlieben!«, sagte meine Freundin Annabel Lee, während ihre Augen und weißen Hände in ihrem Ausdruck, ihrer Haltung etwas verrieten, dessen Anblick einem das Herz bricht.

13 Als ich auf die Butte High School ging

»Es gab eine Zeit«, sagte ich zu meiner Freundin Annabel Lee, »da ging ich auf die Butte High School. Heute denke ich mit gemischten Gefühlen daran zurück.«

»Sie waren damals jünger«, sagte meine Freundin Annabel Lee.

»Ich war jünger und betrachtete damals das Leben noch als etwas, das eines Tages weit aufgehen und mir wundersame und schöne Dinge eröffnen würde. Und in der Zwischenzeit ging ich jeden Tag auf die Butte High School. Ich fand es dort sehr interessant – viel interessanter, als ich seither die weite Welt gefunden habe. Ich war sechzehn und siebzehn und achtzehn, und nichts war von leuchtender Farbe, weshalb ich mit meiner lebhaften Phantasie viel aus all dem gemacht habe, das mir über den Weg lief.«

»Und was tun Sie jetzt, da Sie einundzwanzig sind?«, fragte meine Freundin Annabel Lee.

»Ich sitze ruhig da«, erwiderte ich, »und wünsche mir nichts und warte auf nichts – und blicke mit gemischten Gefühlen zurück auf die Tage auf der Butte High School.«

»Und unversehens«, sagte meine Freundin Annabel Lee, »setzen Sie doch immer noch alles in Bezug zu dem, was eines Tages wundersam für Sie aufgehen wird. Trotzdem, sei's drum«, fügte sie hastig an, als ich etwas sagen wollte, »erzählen Sie mir von der Butte High School.«

»Sie war ein Ort«, sagte ich, »wo sich vielfältig interessante Erscheinungen versammelten, wo ich Vergil las, es lieben lernte und gut darin war; und wo ich Geometrie lernte, sie mochte und jeden Tag, den ich sie lernte, weniger davon verstand – und immer studierte ich eingehend diejenigen, denen ich auf der Butte High School täglich begegnete. Ich erinnere mich sehr deutlich an alle Mitschülerinnen und Mitschüler der Klasse von '99. Mein Gedächtnis beschwört für mich ein paar bizarre und phantastische Traumbilder herauf, die sich von pittoresken Hintergründen abheben und meinen Sinn für feine Missverhältnisse ansprechen, insbesondere wenn ich sie unter diesem Blickwinkel und mit einiger Distanz betrachte.«

»Wie sind ein paar denn so?«, fragte meine Freundin Annabel Lee.

»Da gibt es eins«, sagte ich, »von einem Mädchen, das ich für mich immer ›die Heringsartige‹ nannte, weil sie so harmlos, so platt und so still war – und sie hatte die üble Angewohnheit, mich zu bitten, ihre Lateinaufgaben zu machen, wodurch sie vielleicht doch eher einem Menschen als einem Hering glich; und da gibt es eins von einer Schülerin, die täglich Stunden und Stunden damit zubrachte, lange, lange Briefe an ihren Liebsten zu schreiben, die aber vom Unterricht im Klassenzimmer entsetzlich wenig mitbekam; und da gibt es eins von einer anderen, die brachte jeden Tag einen kleinen Flachmann voller Whiskey in die Schule mit, um sich die umnachteten Stunden zu versüßen – wegen ihres schlechten Französisch wurde sie täglich von der Lehrerin zusammengestaucht, und ihr Leben wäre ohne die Stärkungen aus dem Flachmann ziemlich trüb gewesen; da gibt es eins von einem komisch aussehenden, rotblonden Mädchen, das saß während meines letzten Schuljahrs auf der anderen Seite des schmalen Gangs und hatte auf seinem Pult fein säuberlich die Werke (sie nannte sie Werke) von Albert Ross aufgestapelt – und nachdem sie sie gelesen hatte, beugte sie sich sehr freundlich herüber, erzählte mir die Geschichten und zitierte Wort für Wort daraus, damit auch ich etwas davon hatte … In ihren Fächern war sie keine Leuchte, aber bei Albert Ross kannte sie sich aus; da gibt es eins von einem cleveren, hübschen Mädchen, das gemein war – ausgesprochen gemein in ihrer ganzen Art und in allem, was sie tat, und anscheinend kam ihr kein Gedanke in den Sinn, der davon nicht durchdrungen gewesen wäre – sie war gemein in Algebra, gemein in Literatur, gemein in Alter Geschichte, gemein beim Sport, gemein beim Schreiben kurzer Aufsätze –, und als ich beim Vortragen einmal einen Fehler machte oder einfach zu dumm dafür war, blickte sie auf und lächelte mich sehr süß und gemein an; und da gibt es eins von einem Mädchen, dessen so kuriose wie redegewandte Lästerlichkeit mich bis heute verfolgt. Und insbesondere sehe ich da ein Bild von ihnen allen an unserem Abschlusstag vor mir, als jede ein edles, weißes, zusammengerolltes und fein säuberlich in die Jahrgangsfarben gebundenes Zeugnis erhielt – ein Bild von ihnen und den anderen – wir waren insgesamt neunundfünfzig. Und die Zeugnisse stellten stillschweigend, in stark vergrößerten Buchstaben, fest, dass wir vier Jahre lang alle gut gewesen seien und jede Anforderung der Butte High School erfüllt hätten. Das hatten wir, zweifellos – aber wie viel hatten ein paar von uns geleistet, für das uns in unseren Diplomen keinerlei Anerkennung gezollt wurde! In Wahrheit sagten ihre vergrößerten Buchstaben nichts über unser Voranschreiten bei Liebesbriefen, Lästerlichkeit oder Gemeinheit aus, und Albert Ross stand ja nicht auf dem Lehrplan.

Und so teilte der Vorsitzende des Schulaufsichtsrates an einem verregneten Junitag mit einer kurzen, gesetzten Ansprache an jede Schülerin und jeden Schüler diese Zeugnisse aus – war sich aber nicht im Klaren darüber, wie unbedeutend sie waren.

Und meine Gedanken beschwören außerdem ein Traumbild von zweien herauf, mit denen ich in unserem letzten Highschool-Jahr samstags oder an anderen Tagen, wenn keine Schule war, das machte, was wir Herumstreunen nannten – weit draußen, fern von Butte. Ich erinnere mich an diese beiden und diese Streifzüge ausgesprochen gut – auch wenn die beiden gerade mal vier Jahre später wahrscheinlich alles vergessen haben. Die eine war jemand, wie ich seither niemanden mehr kennengelernt habe. Manchmal erinnerte sie mich an Kleopatra und manchmal an Peg of Limmavaddy. Sie hatte irische Vorfahren, eine lange schwarze, am Rücken geflochtene Haarmähne und ein Paar hellwacher, greller Augen, wie sie gemeinhin als irisch-blau bezeichnet werden. Sie hätte zwar den nötigen Verstand dafür gehabt, tat aber nicht sehr viel für die Schule. Ihre Art, durchs Leben zu kommen, war oft sehr fragwürdig. Sie wog so einige Kilo. Sie hatte viel von der Welt gesehen, und ich fand sie faszinierend. Was sie selbst betrifft, so hatte sie immer ziemliche Angst vor mir – in Wahrheit so große Angst, dass sie, sobald ich etwas Lustiges sagte, loslachen musste – mit gezwungener, vorgetäuschter Fröhlichkeit; sagte ich zu ihr, sie sei ein seelenloser Mensch, so musste sie mir unterwürfig beipflichten, obwohl sie eine gute Katholikin war; und missbilligte ich etwas an ihr, so zitterte sie und verstummte. Phantasienamen und -bekleidungen wurden für diese umherstreunenden Expeditionen gewählt (obwohl ja die Bekleidungen dieser jungen Dame auf ihre Weise immer phantasievoll waren). Ihr Phantasiename lautete ›Meschugge Maud‹. Aus keinem speziellen Grund, glaube ich – jedoch trug sie ihn mit Bravour. Das andere Mitglied unseres Trios war von nicht so ganz außergewöhnlicher Art. Sie war eher korpulent, und von so einigem wusste sie jede Menge. Sie war sehr gut in Geschichte, und daheim konnte sie Pasteten, Kuchen und Brot backen. Allerdings klebte ihr Kuchen manchmal an, und manchmal sank er in der Mitte auch ein, und wenn sie Geflügel tranchierte, kam es vor, dass sie ein Gelenk verfehlte. Und sie war eine von denen, die anstatt ›Bilder‹ immer ›Biller‹ sagen. Auch galt sie als sehr vernünftiges Mädchen. Ich sehe sie noch vor mir, wie sie an einem verregneten Morgen mit einem lila Band um den Hals und einem braunen Regenmantel zur High School kam. Wenn wir losstreunten, trug sie für gewöhnlich ein riesiges, grauweißes und tailliertes Mutter-Hubbard-Kleid sowie einen breiten, flachen Hut, der sie so ziemlich wie ein Giftpilz aussehen ließ. Ihr Phantasiename war ›Emanzipierte Eva‹. Emanzipiert war sie tatsächlich. In der High School war sie würdevoll und gesittet, aber wenn wir herumstreunten, hüpfte sie häufig wie ein Lämmchen umher und tollte und tanzte da draußen auf dem Land durch die Gegend.

Die wir Meschugge Maud nannten, tollte und tanzte ganz ähnlich – und war für mich immer die personifizierte Vorstellung des französischen Nomens *abandon*.

Auch ich tollte und tanzte seinerzeit weit draußen auf dem Land herum.

Der für mich gewählte Phantasiename lautete ›Erfrischungs-Rosanna‹ – wieso, kann ich nicht sagen. Aber für eine Streunerin wurde er als passend empfunden. Um sechs in der Früh streunten wir los. Um fünf standen wir auf, und zehn vor sechs traf ich die Meschugge Maud unten vor ihrem Haus Ecke Washington und Quartz Street. Zusammen liefen wir die östliche Park Street runter bis zum Haus der Emanzipierten Eva. Dann spazierten wir sieben oder acht Meilen weit in die offene Wildnis hinaus.

Wir nahmen Sachen zum Essen mit – mal jede Menge und mal wenig. Manchmal hatte die Meschugge Maud bloß eine komisch aussehende Biskuitrolle mit, während die Emanzipierte Eva schwer bepackt war mit zähen Rindfleischstücken und ich nichts als eine Tafel Fudge vorweisen konnte. Bei anderen Gelegenheiten aber gab es Kuchen und Fleischpasteten und Teigtaschen und pikanten Schinken und pikantes Hühnchen und pikantes Kalbfleisch und pikante Zunge und pikanten Fisch verschiedenster Sorte und ein paar Flaschen mit nussbraunem October-Ale und Sardinen *à l'huile* und grüne, sehr grüne Oliven. Nur hatten wir umso schwerer zu tragen, je mehr es gab. Allerdings trug die Meschugge Maud manchmal viel, ohne sich groß anzustrengen – sie schmückte sich einfach mit dem Mittagessen: um den Hals ein langes Stück einer Würstchenkette und, gesichert mit Hutnadeln, oben auf der Krempe dicke gelbe Zitronen, während vorn, gekreuzt wie die klitzekleinen Gewehre an einem Soldatenkäppi, zwei Bananen steckten, dazu hier und dort verteilt Catawba-Trauben sowie hinten, an ihren Stängelchen hängend, Birnen.

Die Herrgottsfrühe schützte all dies vor den Blicken der Einwohner von Butte, und zurück nach Hause trauten wir uns ohnehin nicht, bevor uns freundliches Dunkel umfing.

Es waren faszinierende Expeditionen – und wem gebührte der Ruhm dafür? Mir gebührte der Ruhm. Ich war es, die sie ins Leben rief. Ich war es, die wusste, dass für so eine köstliche Absurdität keine geeigneter war als sie, die wir Meschugge Maud nannten; und nach ihr keine geeigneter als die hübsche, die gutmütige Emanzipierte; und gemeinsam mit ihnen beiden ich. Und ich führte sie an, und ich führte sie zurück, und ich sagte, so und so wird es gemacht, und sofort wurde es so und so gemacht. Und wir genossen es, und in unseren Lungen war klare Luft und in unseren Adern das Leben, denn wir waren jede gerade mal achtzehn und voll jugendlichem Elan. Am allerfaszinierendsten aber war, dass wir drei drei höchst unterschiedliche Lebens- und Denkweisen verkörperten. Denn ich war weder wie die Emanzipierte Eva noch wie die Meschugge Maud; und die Emanzipierte Eva war weder wie ich noch wie die Meschugge Maud; und die Meschugge Maud war weder wie die Emanzipierte Eva noch wie ich.

Natürlich gab es an meinen Kommandos einiges, was weder die eine noch die andere entzückend fand. ›Warum soll die MacLane alle Kommandos erteilen?‹, murmelten sie einander zu, doch sie wagten nicht, offen aufzubegehren, darum ging alles gut.

Jetzt aber sind sie nicht mehr da.

Wie alle 59 des Jahrgangs ’99 machten wir drei unseren Abschluss an der Butte High School, erhielten jede ein edles weißes Zeugnis und gingen unserer Wege.

Sie, die wie Kleopatra und Peg of Limmavaddy war, leitet eine Schule, nach dem, was ich zuletzt hörte, im Norden von Montana; und sie, die die Emanzipierte Eva war, zog schon vor längerem nach Kalifornien, ist verheiratet und hat ein Haus; und was mich betrifft – ich bin hier, weit weg von Butte, mit Ihnen, Annabel Lee, und hatte in der Zwischenzeit einiges zu erledigen.

Aber obwohl die beiden weg sind, lege ich die Hand dafür ins Feuer, dass sie nichts vergessen haben. Sie haben weder die Butte High School vergessen noch den Jahrgang ’99, weder unsere Streifzüge noch mich, ihre Tyrannin.

Und ich wage zu behaupten, dass sie sich alle an ihre Butte High School erinnern – sie mit den Liebesbriefen, sie mit dem Whiskey-Flachmann, sie, die Albert Ross-Adeptin, sie, die Lästerliche, sie, die Gemeine, sie, ›die Heringsartige‹ – und dergleichen die ganzen 59, die jungen Frauen ebenso wie die jungen Männer. Ein paar sind verheiratet, und ein paar sind geflohen, und ein paar davon sind erwachsen und anders, ›und ein paar davon, die liegen auf dem Kirchhof jetzt, und ein paar, die sind auf See.‹

Immer aber, wenn ich Lust habe, die Augen zu schließen und zurückzublicken, kann ich sie alle sehen, eine illustre Gesellschaft.

Ebenso holt mich, wenn ich Lust habe, die Augen zu schließen und zurückzublicken auf das Leben, wie es vor sich eröffnenden Möglichkeiten in unbeschreiblichem Glanz erstrahlte und mit mehrfarbigen Karos und Ringen markiert war, die Zeit ein, als ich auf die Butte High School ging und Geometrie und Vergil las. Ich bin nur froh, jetzt nicht dort zu sein.«

»Wieso das?«, fragte meine Freundin Annabel Lee.

»Es ist ziemlich jämmerlich und schauderhaft, zu denken, dass man einmal siebzehn war, jeden Tag auf die Butte High School ging und sich vorstellte, wie wunderherrlich schön das Leben eines Tages sein würde«, sagte ich und fühlte mich ganz plötzlich sehr erschöpft.

14 »Und Mary MacLane und ich«

Äußerst selten kommt es vor, dass meine Freundin Annabel Lee und ich zusammen eine Zigarette genießen. Mit ihrer Zigarette, ihre zierliche, bunte Gestalt rundum eingehüllt in Wolken von lichtem, auserlesenem Grau, ist meine Freundin Annabel Lee noch zweideutiger und unergründlicher als sonst. Sie stützt ihre Ellbogen auf etwas auf und behält mich im Auge.

Ich mit meiner Zigarette bin nichts als ich mit meiner Zigarette. Ich genieße sie, bin damit aber weder schön noch faszinierend.

Meine Freundin Annabel Lee hingegen ist alles, was meine Vorstellungskraft in sie hineinlegen kann. Das lichte, auserlesene Grau lässt sie wundersam werden, und fast unbemerkt, doch unentwegt, begegnet sie mir irgendwo und reicht mir kurz die Hand.

»Kennen Sie nicht dieses alte Lied?«, fragte meine Freundin Annabel Lee mit ihrer Zigarette. »Es geht so:

›Mary Seaton
Und Mary Beaton
Und Mary Carmichael
Und ich.‹

Ich glaube, Maria Stuart, Schottlands Königin Mary, ist es, die das sagt. Und es ist ein feines, gutes Lied. Doch was *mich* betrifft, hier und jetzt – wäre ich Maria Stuart, Sie armselige, elende kleine Ratte, so müsste ich doch wohl sagen:

›Mary MacLane
Und Mary MacLane
Und Mary MacLane
Und ich.‹

Denn sind wir beide etwa nicht zusammen hier und rauchen friedlich – und dreht sich die Welt etwa nicht?«

Ich war entzückt. Wie selten kommt es vor, dass meine

Freundin Annabel Lee so ist, warmherzig, freundlich, leicht herablassend und zu Groteskem neigend.

Sie wird dann menschlich und ist mir irgendwie sehr nah.

»Ja, ich müsste dann doch wohl ›Mary MacLane und Mary MacLane und Mary MacLane und ich‹ sagen«, sagte meine Freundin Annabel Lee aus ihren sacht dahingepafften Wolken heraus. »Manchmal sind Sie ja ganz weich und anschmiegsam wie eine graue Miezekatze. Wenn ich Sie streichle, schnurren Sie. Wenn ich Ihnen Sahne hinstelle, schlabbern Sie sie auf. Und dann rollen Sie sich warm auf meinem Schoß zusammen und schlafen und schnurren und öffnen und schließen ihre Fellpfötchen.

›Am Kamin werd ich sitzen
Und stell ihr Futter hin,
Und Muschi wird mich lieben,
Weil ich gut zu ihr bin.‹

Was wäre Literatur, wenn *›Mother Goose‹* keine Literatur ist?«, fragte meine Freundin Annabel Lee. »Und Sie, werden Sie mich lieben – weil ich gut zu Ihnen bin? Ist Ihnen schon mal in den Sinn gekommen, dass Sie lieben müssen, was gut ist und weil es gut ist, Sie armselige, elende kleine Ratte – und dass Sie hassen müssen, was böse ist? Sehen Sie mich an, sehen Sie mich an! – Bin ich gut?«

Ich sah sie an. Auf jeden Fall war sie gut. Gerade jetzt sah sie wie ein Engel aus.

»Lieben Sie mich?«, fragte meine Freundin Annabel Lee mit ihrer Zigarette.

»Oh ja«, sagte ich.

»Sehen Sie mich noch mal an – bin ich böse?«, fragte meine Freundin Annabel Lee.

»Vermutlich schon«, gab ich zurück, denn jetzt sah sie rachgierig und gemein aus.

»Und hassen Sie mich?«

»Nein«, sagte ich.

»Also sind Sie selber boshaft und verdorben, Sie armselige, elende kleine Ratte«, sagte meine Freundin Annabel Lee mit ihrer Zigarette, »und die Welt und alle guten Menschen werden Sie verdammen.«

»Ich fürchte«, sagte ich mit meiner Zigarette, »die Welt und alle guten Menschen tun das bereits.«

»Ah, tun sie das!«, sagte meine Freundin Annabel Lee. »Macht nichts – ich werde auf Sie achtgeben, Sie armselige, elende kleine Ratte; ich werde alles schön weich für Sie machen; ich werde die Kälte aussperren; ich werde die Eintönigkeit bunt färben; ich werde den Pöbel in die Flucht schlagen.«

»Und wenn Sie das deswegen machen«, gab ich zurück, »werde ich der Welt und allen guten Menschen dafür danken, dass sie mich verdammen.«

»Das war hübsch gesagt«, sagte meine Freundin Annabel Lee. »Trotzdem können Sie sicher sein, dass ich hart werde, sobald die Welt weich wird – hart wie Nägel.«

»Dann soll die Welt lieber hart bleiben«, sagte ich, » – hart und bitter wie Wermut, wenn sie will, damit Sie weiter so wirklich freundlich durch diese grauen Wolken zu mir kommen.«

»Auch das war sehr hübsch«, sagte meine Freundin Annabel Lee. »Trotzdem geht es meist um den Beweis dafür, dass der Spatz in der Hand besser ist als die Taube auf dem Dach. Was wäre Literatur, wenn die Sprichwörter keine Literatur sind? Der Spatz in der Hand ist besser als was?«, fragte meine Freundin Annabel Lee.

»Die Taube auf dem Dach«, sagte ich.

»Wo beginnt Nächstenliebe?«, fragte meine Freundin Annabel Lee.

»Zu Hause«, sagte ich.

»Was wird er bedecken?«, fragte meine Freundin Annabel Lee.

»Eine Menge von Sünden«, sagte ich.

»Was ist knapp daneben?«, fragte meine Freundin Annabel Lee.

»Auch vorbei«, sagte ich.

»Die Welt regiert?«, fragte meine Freundin Annabel Lee.

»Geld«, sagte ich.

»Aus wem macht das Denken Feiglinge?«, fragte meine Freundin Annabel Lee.

»Uns allen«, sagte ich.

»Was erspart ein Griff zur rechten Zeit?«, fragte meine Freundin Annabel Lee.

»Viel Müh und Leid«, sagte ich.

»Wann sind ein Narr und sein Geld geschieden?«, fragte meine Freundin Annabel Lee.

»Bald«, sagte ich.

»Was verderben zu viele Köche?«, fragte meine Freundin Annabel Lee.

»Den Brei«, sagte ich.

»Was ist Müßiggang?«, fragte meine Freundin Annabel Lee.

»Aller Laster Anfang«, sagte ich.

»Was wird doch wohl noch erlaubt sein?«, fragte meine Freundin Annabel Lee.

»Gucken«, sagte ich.

»Wer schreibt die besten Geschichten?«, fragte meine Freundin Annabel Lee.

»Das Leben«, sagte ich.

»Worin steckt der Teufel?«, fragte meine Freundin Annabel Lee.

»Im Detail«, sagte ich.

»Was hackt eine Krähe der anderen nicht aus?«, fragte meine Freundin Annabel Lee.

»Ein Auge«, sagte ich.

»Was schadet nur?«, fragte meine Freundin Annabel Lee.

»Blinder Eifer«, sagte ich.

»Was macht Kleinvieh auch?«, fragte meine Freundin Annabel Lee.

»Mist«, sagte ich.

»Was ist, wer den Pfennig nicht ehrt?«, fragte meine Freundin Annabel Lee.

»Des Talers nicht wert«, sagte ich.

»Was macht, wer anderen eine Grube gräbt?«, fragte meine Freundin Annabel Lee.

»Fällt selbst hinein«, sagte ich.

»Was hat alles einmal?«, fragte meine Freundin Annabel Lee.

»Ein Ende«, sagte ich.

»Was ist des anderen Leid?«, fragte meine Freundin Annabel Lee.

»Des einen Freud«, sagte ich.

»Wem gibt Rebekka nach dem durstigen Knecht gleichfalls zu trinken?«, fragte meine Freundin Annabel Lee.

»Den Kamelen«, sagte ich.

»Was gibt der Klügere?«, fragte meine Freundin Annabel Lee.

»Nach«, sagte ich.

»Was ist Vorsicht?«, fragte meine Freundin Annabel Lee.

»Die Mutter der Porzellankiste«, sagte ich.

»Verglichen womit ist nichts im Leben halb so süß?«, fragte meine Freundin Annabel Lee.

»Mit der Liebe jungem Traum«, sagte ich.

»Willst du was gelten, machst du dich?«, fragte meine Freundin Annabel Lee.

»Selten«, sagte ich.

»Was uns Rose heißt, wie es auch hieße, es würde wie duften?«, fragte meine Freundin Annabel Lee.

»Genauso lieblich«, sagte ich.

»Wie kam der Assyrer herab?«, fragte meine Freundin Annabel Lee.

»Wie ein Wolf vom Stalldach her«, sagte ich.

»Seine Kohorten schimmerten wie?«, fragte meine Freundin Annabel Lee.

»Purpurn und gold«, sagte ich.

»Wem ähnelte der Glanz ihrer Speere?«, fragte meine Freundin Annabel Lee.

»Sternen überm Meer«, sagte ich.

»Wann?«, fragte meine Freundin Annabel Lee.

»Da tief durch Galiläa nachts die blaue Welle rollt«, sagte ich.

»Was alles bloß beweist«, sagte meine Freundin Annabel Lee, »dass ich nur zu fiedeln brauche, schon tanzen Sie, Sie armselige, elende kleine Ratte. Da fällt mir ein … Was ist besser, als Zweiter in Rom zu sein?«

»Erster hier zu sein – in einem iberischen Nest«, sagte ich.

»Ich bin mir allerdings nicht sicher, ob das stimmt«, sagte meine Freundin Annabel Lee. »Eines Tages werden Sie und ich in die große weite Welt hinausziehen. Dann werden wir schon sehen, wer Erste und wer Zweite wird. Die große weite Welt ist der allerbeste Ort, um uns selbst zu finden. Und ganz gleich, in welcher Lage wir davor waren, mit Sicherheit werden wir in der großen weiten Welt in einer anderen Lage sein. In der großen weiten Welt wird es Äpfel geben – genügend Äpfel für Sie und für mich. Aber wer weiß, Sie armselige, elende kleine Ratte – womöglich werden Ihr Los *alle* die süßen, saftigen Äpfel sein, während man mir bloß die Kerne gibt. In der großen weiten Welt wird es Mürbekuchen belegt mit reifen, roten Himbeeren geben – genügend für Sie und für mich. Aber wer weiß, Sie armselige, elende kleine Ratte – womöglich werden Ihr Los alle die reifen, roten Himbeeren sein, während man mir nur die Krusten gibt. In der großen weiten Welt wird es Zigaretten geben – genügend Zigaretten für Sie und für mich. Aber wer weiß, Sie armselige, elende kleine Ratte – womöglich wird Ihr Los *all* der feine ägyptische Tabak in Reispapier sein und perlgraue Wolken und Wolken und Wolken, ein weiches Perlgrau, das Sie rundum einhüllt, während ich den ganzen Tag in leere Schachteln starre – und nie eine Zigarette habe. Nach den Regeln der Gerechtigkeit«, sagte meine Freundin Annabel Lee, »wird in diesem Fall mein Los am Ende das weitaus bessere sein.

Ach du meine Güte!«, sagte meine Freundin Annabel Lee verdrießlich. »Warum sitzen Sie da und starren mich dumm an? Reden Sie und amüsieren Sie mich, warum machen Sie das nicht? Tun Sie was, damit ich mir liebreizend und zufrieden vorkomme.«

»Wäre ich das doch selbst, Annabel Lee«, sagte ich. »Ich kann zwar nicht so interessant daherreden, aber wenn Sie mögen, werde ich jetzt Ihnen Sprichwörter vorgeben, die Sie dann ergänzen. Mich hat das sehr amüsiert – und mir ein wundervolles Gefühl von Befriedigung verschafft, ganz als wäre ich sieben Jahre alt und hätte meine Lektion tadellos gewusst.«

»Sie fragen, und ich antworte?«, sagte meine Freundin Annabel Lee. »Sehr gut. Allerdings weiß ich meine Lektion nicht tadellos. Fangen Sie an.«

»Der Spatz in der Hand ist besser als was?«, fragte ich.

»Die Mutter der Porzellankiste«, sagte meine Freundin Annabel Lee.

»Was erspart ein Griff zur rechten Zeit?«, fragte ich.

»Die Taube auf dem Dach«, sagte meine Freundin Annabel Lee.

»Wo beginnt Nächstenliebe?«, fragte ich.

»Im Detail«, sagte meine Freundin Annabel Lee.

»Was wird doch wohl noch erlaubt sein?«, fragte ich.

»Der Brei«, sagte meine Freundin Annabel Lee.

»Was macht Kleinvieh auch?«, fragte ich.

»Eine Menge Sünden«, sagte meine Freundin Annabel Lee.

»Was verderben zu viele Köche?«, fragte ich.

»Uns alle«, sagte meine Freundin Annabel Lee.

»Aus wem macht das Denken Feiglinge?«, fragte ich.

»Toten und Narren«, sagte meine Freundin Annabel Lee.

»Was hat alles einmal?«, fragte ich.

»Einen vollen Magen«, sagte meine Freundin Annabel Lee.

»Was stärkt ein tapferes Herz?«, fragte ich.

»Ein Griff zur rechten Zeit«, sagte meine Freundin Annabel Lee.

»Was bewegt das Geld?«, fragte ich.

»Des einen Freud«, sagte meine Freundin Annabel Lee.

»Was wird aus dem Taler, wenn man den Pfennig nicht ehrt?«, fragte ich.

»Mist«, sagte meine Freundin Annabel Lee.

»Wer schreibt die besten Geschichten?«, fragte ich.

»Blinder Eifer«, sagte meine Freundin Annabel Lee.

»Was ist schärfer als ein Schlangenzahn?«, fragte ich.

»Der Stift«, sagte meine Freundin Annabel Lee.

»Was ist mächtiger als das Schwert?«, fragte ich.

»Ein reicher Mann«, sagte meine Freundin Annabel Lee.

»Die Welt regiert wer?«, fragte ich.

»Ein Narr mit seinem Geld«, sagte meine Freundin Annabel Lee.

»Was sollten die tun, die in Glashäusern wohnen?«, fragte ich.

»Die Jalousien runterlassen«, sagte meine Freundin Annabel Lee.

»Was ist eines Mannes Burg?«, fragte ich.

»Aller Laster Anfang«, sagte meine Freundin Annabel Lee.

»Der Klügere tut was?«, fragte ich.

»Bestiehlt Petrus«, sagte meine Freundin Annabel Lee.

»Für was wird der Wind besänftigt?«, fragte ich.

»Den Kamelrücken«, sagte meine Freundin Annabel Lee.

»Was vollbringen viele Hände?«, fragte ich.

»Ein geschorenes Lamm«, sagte meine Freundin Annabel Lee.

»Wozu kann man einen Kieselstein nicht schleifen?«, fragte ich.

»Zu einem geschenkten Gaul«, sagte meine Freundin Annabel Lee.

»Wem guckt man besser nicht ins Maul?«, fragte ich.

»Einem Diamanten«, sagte meine Freundin Annabel Lee.

»Was ist besser als nichts?«, fragte ich.

»Ungelegte Eier«, sagte meine Freundin Annabel Lee.

»Aber lassen wir das Spiel lieber«, sagte meine Freundin Annabel Lee. »Ich bin müde und ausgelaugt. Können Sie nicht lieber mit mir reden – und zwar so, dass ich es mir bequem machen und mich ausruhen kann? Und bitte nicht anstarren!«

»Ich fürchte, ich kann Sie nicht aufheitern. Es tut mir leid«, sagte ich. »Vielleicht beneiden Sie mich, Annabel Lee. An Annabel Lee können Sie sich nicht wenden. Würde Sie das Leben nicht reich und erfüllt anmuten, wenn Sie Ihre verschwommenen Purpuraugen, Ihre roten, so roten Lippen und diese Hände voller Kraft und schwärmerischer Liebe vor sich selbst sehen könnten – Sie, mit Ihrem karmesinroten Kleid und den goldenen Margeriten, die im Nebel auf einen zukommen und darin verschwinden?«

»Nein, eigentlich nicht«, sagte meine Freundin Annabel Lee. »Lieber mag ich *Ihre* Blicke«, fügte sie hinzu, und ihre Purpuraugen erschienen dabei weniger unbestimmt. »Sitzen so da in Ihrem kleinen schwarzen Hauskleid … und paffen den Tabak genau wie so eine Spielzeugdampfmaschine. Kommen Sie, Sie amüsieren mich – es gefällt mir. Kommen Sie näher heran.«

Sie streckte eine Hand aus, woraufhin ihre Purpuraugen auf der Stelle einen seltenen, unbeschreiblich freundlichen Ausdruck annahmen.

Für mich lag viel Leben darin.

Meine Freundin Annabel Lee ließ die ausgestreckte Hand auf meiner Schulter liegen.

»Wenn wir in die große weite Welt hinausziehen, Mary MacLane«, sagte sie, »und Sie haben die ganzen Äpfel, den ganzen Mürbekuchen belegt mit reifen, roten Himbeeren und die ganzen Zigaretten – würden Sie die dann vielleicht mit mir *teilen*?«

Das würde ich, sagte ich.

15 Eine Löffelreiher-Geschichte

Steht ihr der Sinn danach, dann erzählt mir meine Freundin Annabel Lee, wenn ich sie darum bitte, wunderliche und phantastische Geschichten, wie sie gut versteckt in den staubigen Spalten dieser Welt liegen. Derlei Erzählungen lagern dort seit Jahrhunderten, und Spinnen haben Netze darüber und darum gewebt, so dass man, kommen sie möglicherweise ans Licht, winzige Stückchen feiner grauer Fasern zwischen den Zeilen findet.

Gestern eine hübsche, unscheinbare Geschichte meiner Freundin Annabel Lee, die mir seither durch den Kopf geht.

»Vor langer Zeit«, sagte meine Freundin Annabel Lee, »lebte in Ägypten in ärmlichen Verhältnissen die einst erlauchte Familie Löffelreiher in einem grünen Sumpfgebiet am Ufer des großen grünen Flusses Nil. Diese Familie zählte fünf Mitglieder, die friedlich zusammenlebten. Da waren der Vater und die Mutter, zwei Töchter und ein Sohn. Und da war noch ein weiterer Sohn gewesen, der aber gestorben war. Maren Löffelreiher hieß die Mutter, Oliver W. Löffelreiher der Vater, Lilith Löffelreiher die ältere und Delilah Löffelreiher die jüngere Tochter. Und Le Page Löffelreiher hieß der Sohn.

Der Sohn, der gestorben war, hatte Roland Löffelreiher geheißen. Er lag am Rand des Sumpfgebiets beerdigt, und zur Erinnerung an ihn waren sein Name und die Geburts- und Sterbedaten in eine quadratische, schwarze Holztafel am Kopfende des Grabes geschnitzt. Auf der Tafel war außerdem die Inschrift zu lesen: ›15 Jahre. In der Jugend Blütetag eingegangen in seine letzte Ruhe. Seine Tugenden aber sind weiter mit uns.‹

Und die kleine Delilah Löffelreiher, die ein einfaches, phantasievolles Kind von neun Jahren war, stand des Öfteren vor dieser Inschrift und wunderte sich darüber. Die Zweige einer Trauerweide reichten tief auf das Grab hinab, und Delilah stand da, pickte mit ihrem Schnabel nach auf den Ästen sitzenden Mücken und grübelte über die Inschrift nach. Zum einen rätselte sie, was ›Blütetag‹ bedeutete. War das so etwas wie ein Geburtstag? Oder war das im Gegenteil ein Tag, an dem alles falsch lief und der damit endete, dass man jemanden in ein dunkles Schlafzimmer sperrte? Oder war das vielleicht ein Picknicktag – mit Törtchen aus roter Marmelade? War dem so, täte es Delilah für ihren Bruder sehr leid, dass er an so einem Tag hatte sterben müssen, denn gibt es ein Nahrungsmittel, das ein Löffelreiher wirklich mag, so sind es Törtchen aus roter Marmelade – in der Art, wie Kanadier sie machen.

Aber sie konnte sich nie schlüssig werden.

Und was sie außerdem an dem Epitaph stutzig machte, war die abschließende Formulierung: ›Seine Tugenden aber sind weiter mit uns.‹ Was mochten Tugenden sein?, fragte sie sich. Waren sie etwas Gefiederartiges, ließen sie sich gut essen oder waren sie etwas, das sie nie gesehen hatte und wovon sie nichts wusste? Die Buchstaben sagten jedoch schlicht: ›Seine Tugenden sind weiter mit uns.‹ Nein wirklich – wenn sie zum Familienbesitz zählten, wieso hatte sie sie nie gesehen? Denn alles, was irgendwem aus der Löffelreiher-Familie gehörte und irgendwie ungewöhnlich war, wurde stets in ein mit Glastüren versehenes Eichenschränkchen gelegt, das in einer Ecke des Flurs in ihrem Haus im Sumpf stand. Delilah hatte oft in dieses Schränkchen geblickt, um nachzusehen, ob nicht die Tugenden ihres Bruders darin waren. Es lagen getrocknete Schlangenhäute darin, seltsame weiße Steine, Louisianamoos und Flaschenboviste – aber nein, es gab keine Tugenden. Davon war sie überzeugt. Sie wandte sich an ihre ältere Schwester. ›Lilith‹, sagte Delilah, ›*was* sind Tugenden, und wo bewahren wir

Rolands auf? Du weißt doch, auf dem Grabstein heißt es: Seine Tugenden sind weiter unter uns.‹

›Was bist du für ein Dummchen!‹, sagte Lilith und lachte spöttisch auf löffelreihertypische Weise. Lilith war zwölf, und mit zwölf weiß man ja erheblich mehr als mit neun. ›Tugenden sind keine Sachen. Und was Rolands angeht … das bedeutet nicht, dass er sie uns überlassen hat, genauso wenig wie dass er sie mitgenommen hätte.‹

›Also *was* bedeutet es?‹, fragte Delilah. ›Ich habe schon so viel darüber nachgedacht.‹

›Du wirst noch etwas länger darüber nachdenken müssen‹, sagte Lilith, ›– noch ziemlich lange, würde ich meinen – zumindest, wenn du weiter auf *deine* Art denkst.‹

Delilah wandte sich in derlei Fragen nicht oft an ihre Schwester. Sie mochte es nicht, dass Lilith sie für gewöhnlich auslachte. In Wahrheit mochte sie überhaupt nicht ausgelacht werden – nicht für irgendwas auf der Welt. Sie war da wie so viele andere Leute.

Und Lilith war genauso.

Oh, dabei gab es doch so vieles, was Delilah wissen wollte!

Wie ich bereits sagte, lebte die einst erlauchte Löffelreiher-Familie in ärmlichen Verhältnissen. Maren Löffelreiher und Oliver W. Löffelreiher waren zwar beide von sehr guter Abstammung, waren aber die schwarzen Schafe ihrer Familien gewesen und hatten die Traditionen und Bräuche der Ihrigen vergessen. ›Sie haben noch nicht mal mehr so viel Stolz wie ein Sandhügelkranich‹, sagte Maren Löffelreihers Mutter einmal, ›nein – nicht mal wie eine Ente.‹

›Nein – nicht mal wie eine Ente‹, wiederholten Maren Löffelreiher und ihr Gatte und kosteten es aus.

Und die Kinder verwilderten.

Doch auch wenn sie verwilderten, waren die Kinder nicht ohne Ehrgeiz. An Sommerabenden, wenn die Familie auf der hinteren Veranda Tee trank und es zu warm war, um viel herumzutoben, blieben die Kinder sitzen und erzählten von ihren Wunschträumen.

›Wenn *ich* groß bin, werde ich Schauspielerin‹, erklärte Lilith. ›Ich werde eine glänzende Bühnenkarriere machen und haufenweise Geld verdienen. Und ich werde prachtvolle Kleider haben, und jeder wird mich ansehen und sagen: ‚Ist sie nicht einfach *umwerfend* heute Abend?'‹

Und Le Page und Delilah waren so überwältigt von der Vorstellung, die ihre Schwester ihnen eröffnete, dass sie eingeschüchtert und stumm nur vor sich hinstarren konnten.

Und Delilah fragte sich, wie es sich anfühlen musste, so überaus clever zu sein.

Le Page aber, der elf war, fing sich bald wieder.

›Also gut‹, sagte er. ›Wenn ich groß bin, werde ich Pirat. Ich werde alle Piraten, die es je gab, in den Schatten stellen, alles in Brand setzen und plündern – und ich werde prachtvolle Kleider tragen, und jeder wird mich ansehen und sagen: ‚Ist er nicht einfach *umwerfend* heute Abend?'‹

Delilah fand das merkwürdig, weil es sich wie Lilith anhörte – aber vielleicht war ja ein Pirat auf unerfindliche Weise wie eine Schauspielerin und musste deshalb mit denselben Worten beschrieben werden.

›Und, Delilah‹, sagte ihr Vater, ›was willst du werden – was für Kleider wirst du anhaben?‹

Delilah hatte schon öfter das Experiment gewagt, der versammelten Familie ihren Wunschtraum offenzulegen, und dabei war nichts Gutes herausgekommen. Immer erhob sich Liliths und Le Pages hohes Lachen in die stille Abendluft, und selbst ihr Vater lächelte, der doch ein freundlicher Geselle war. Delilahs Wunschtraum war zwar stets derselbe, aber fast jedes Mal, wenn sie davon erzählte, änderte sie ihn ein bisschen ab – und dementsprechend änderte sich die Belustigung, die ihre Schwester und ihr Bruder an den Tag legten.

Manchmal schlugen sie sogar mit den Flügeln.

Was einfach zu grausam war.

Wahrlich, Kinder sind immer grausam.

Aber während Delilahs Wunschtraum immer derselbe war, umfassten Liliths und Le Pages ein ziemlich gewaltiges Gebiet. An manchen Abenden zeichnete Lilith ein glühendes Bild von sich als renommierte Vortragskünstlerin mit wundersam magnetischer Persönlichkeit und vielsagendem Stil – sie würde die Massen bewegen und versteinerten Augen Tränen entlocken, nur indem sie die Stimme hob. Woraufhin sich Le Page, sobald er wieder zu Atem gekommen war, als gefeierten Forscher schilderte, der sagenhafte chemische Geheimnisse erkunden und Dinge von unermesslichem Nutzen für die Allgemeinheit entdecken würde. Auch er würde die Massen bewegen und versteinerten Augen Tränen entlocken.

Und Delilah rätselte, was Vortragskünstlerinnen und Forscher wohl waren und wie sie all das zustande brachten.

Und sobald Lilith die Absicht bekundete, eine berühmte Bildhauerin zu werden, der tiefschürfende Leidenschaft die Lebensfreude sicherstellen würde, verfiel Le Page auf den Gedanken, ein namhafter Entdecker zu werden, der ins innerste Afrika und den tiefsten Norden vordränge und dem tiefschürfende Leidenschaft die Lebensfreude sicherstellen würde.

Und Delilah wunderte sich nur noch mehr.

Wahrlich, so sind Kinder immer – und sind faszinierend.

Und jeden Sommerabend, nachdem Lilith und Le Page ihre Wunschträume erzählt hatten, fragte Delilahs Vater, was die ihren seien. Dann flüsterte Delilah immer: ›Ich werde Grabsteine studieren, Papa! Und wenn ich groß bin, weiß ich vielleicht, was jeder Grabstein auf der Welt bedeutet. Und wenn ich lange und ausgiebig studiert habe, kann ich Rolands vielleicht einfach so lesen und weiß ohne nachzudenken, was er bedeutet. Und vielleicht kann ich sie alle dann Leuten erklären, die nichts darüber wissen.‹

Was sogar für Delilah ein gewagter Wunschtraum war – als griffe sie nach den Sternen.

So weit, so gut«, sagte meine Freundin Annabel Lee. »Das war, als die Löffelreiher-Familie noch eine junge Familie war.

Die Jahre gingen ins Land, und die drei Kinder wurden größer. Und irgendwann war Lilith dreiundzwanzig, Le Page zweiundzwanzig und Delilah zwanzig.

In vielem waren sie noch immer, wie sie als Kinder gewesen waren. Lilith, das sei nebenbei erwähnt, war weder Schauspielerin oder Vortragskünstlerin noch Bildhauerin geworden – und Le Page war bloß Le Page.

Auch Delilah war zwar noch Delilah, war aber in mancher Hinsicht nicht mehr so einfach, während sie es in anderer weiterhin war und bis zum Schluss bleiben würde.

So kam es, dass ein junger, von seiner Männlichkeit eingenommener Löffelreiher vom anderen Ufer des großen grünen Flusses Nil sich in Delilah verliebte.

Ebenso verliebte sich Delilah in einen jungen Löffelreiher, allerdings nicht in diesen jungen Löffelreiher.

So geschieht es ja häufig.

Und Delilah konnte sich für den Löffelreiher vom anderen Flussufer nicht erwärmen, und der Löffelreiher, in den Delilah verliebt war, konnte sich für sie genauso wenig erwärmen.

Was ja ebenfalls häufig geschieht.

An einem Tag, als der Nilstrom sehr grün war und totenbleiche, ekelhaft süß duftende Blumen schwer von den schwarzen Uferbäumen hingen, als der Himmel blau, ach! so blau und alles ganz sommerlich war, kam der junge Löffelreiher über den Fluss, um Delilah zu treffen. Er liebte so innig – so hoffnungslos –, dieser junge Löffelreiher! Delilah aber spazierte an so einem Tag stets dort umher, wo das grüne

Wasser seicht war, und war in Gedanken bei dem jungen Löffelreiher, dem ihr Herz gehörte.

Und so kam der junge Löffelreiher vom anderen Flussufer und stand unweit von Delilah unter einem Baum mit breiten, fleischigen Blättern. Wie schön er anzusehen war, mit seinem wie Silber schimmernden Gefieder und seinen Augen aus Topas!

Und auch Delilah war höchst hinreißend mit ihrem Gefieder aus sachtem, ja sachtestem Grau – einem so sachten Grau, dass man als Mensch den Wunsch gehabt hätte, die Stirn an ihre flaumigen Brustdaunen zu schmiegen.

Da sagte der vom anderen Flussufer – sein Name war Gerald Löffelreiher –: ›Delilah, komm mit mir über den Fluss zu den Feuchtwiesen, wo es einen Weiher mit tausend Teichrosen gibt und überall schöne Blüten. Da wären wir glücklich, du und ich.‹

Aber Delilah sagte: ›Oh, flieg zurück über den Fluss, Gerald Löffelreiher! Du und ich wären niemals glücklich miteinander. Warum stehst du da Tag für Tag an dem Gummibaum? Und warum verschwendest du so deine Lebenskraft und die Kraft deines Herzens? Warum schenkst du dein gutes Herz nicht jemandem, der damit etwas anfangen kann?‹

›Du wirst trotzdem glücklich mit mir, Delilah‹, antwortete er ihr voller Eifer unter den dunklen Blättern. ›Wir werden mitten in einem neuen Tag stehen und der Sonne zusehen, wie sie aus dem Sand aufsteigt – wir werden zu Mittag in den fahlen Untiefen stehen – wir werden unsere Herzen pochen spüren, wenn durch die Äste die Blitze niederfahren – wir werden droben in den hohen Winden ein wenig umherfliegen – wir werden still und stumm dastehen in goldener Einsamkeit, wenn sich die Sonne zurückzieht vom Sand – und bei alledem wird mein Herz dein sein.‹

›Flieg zurück über den Fluss, Gerald Löffelreiher!‹, sagte Delilah.

Aber Gerald Löffelreiher spürte seine Liebe so innig, dass er nicht über den Fluss zurückfliegen konnte.

Es ist unmöglich, über den Fluss zurückzufliegen, wenn allein im seichten grünen Wasser deine Herzallerliebste vor dir steht.

Da kam aus der Richtung der Dattelpalmen Auden Löffelreiher das Ufer entlang, er, dem Delilahs Herz gehörte. Er war gleichfalls hübsch anzusehen – nicht der Schönheit seines Gefieders oder seiner Augen wegen, sondern aufgrund seiner körperlichen Präsenz. Allerdings waren seine Augen auch violett wie Amethyst.

Auden Löffelreiher schritt parallel zum Strand den Fluss entlang, bis er Delilah in dem fahlgrünen Wasser stehen sah. Daraufhin kam er quer über den Sand auf sie zu.

›Es gibt blühende Lotusblumen da unten, wo der große Wasserfall über die Steine brandet‹, sagte er. ›Delilah, kommst du mit mir, welche essen?‹

›Oh ja, ich komme‹, sagte Delilah voller Eifer.

Denn noch immer war sie einfach genug, um etwas voller Eifer zu sagen.

Also liefen sie hinunter, dorthin, wo die Lotusblumen wuchsen, wo der große Wasserfall über die Steine brandete.

Der Zufall wollte, dass es fast schon die Zeit war, in der der große grüne Fluss Nil über die Ufer tritt und alles im Umkreis von Meilen unter Wasser setzt. Es war genau die Zeit, da die Löffelreiher, die Kraniche, die Großen Adjutanten und andere ihrer Gattung sowie Tiere verschiedenster Arten für gewöhnlich ihre Behausungen verlassen und dorthin umziehen, wo die grüne und purpurfarbene Flut sie nicht erreicht. Nur hatte bis dahin keiner ans Umziehen gedacht, denn es war dafür noch zu früh im Jahr. Maren Löffelreiher und Oliver W. Löffelreiher hatten noch nicht einmal begonnen, ihren Hausrat zusammenzusuchen, noch hatten sie wie üblich die schwarze Tafel am Kopfende von

Roland Löffelreihers Grab entfernt, das unmittelbar am Flussufer lag.

Wie jeder von uns ist auch der Flussgott ein launenhaftes Wesen. So kam es in jenem Jahr, dass er an dem Tag, als Delilah und Auden Löffelreiher den Fluss hinabliefen, um Lotusblumen zu essen, einer seiner Launen Luft machte. Er hatte vor, einen Vorboten der jährlichen Überschwemmung in Gestalt einer schönen grünen, purpurfarbenen und weißen Flutwelle auszusenden, eine, die zwar nicht sehr weit laufen, jedoch einigen Schaden anrichten würde.

›Delilah‹, sagte Auden Löffelreiher, ›ist das Leben nicht herrlich, wenn wir hier so Lotusblumen essen?‹

›Oh herrlich – ja, herrlich‹, sagte Delilah und war begeistert.

›Du bist eine so liebe Freundin‹, sagte Auden Löffelreiher.

›Ja‹, sagte Delilah und war nicht begeistert.

›Das Leben ist schon ziemlich herrlich‹, sagte Auden Löffelreiher, ›ganz gleich, wie man es sich eingerichtet hat.‹

›Das Leben ist aber auch eine sehr seltsame Angelegenheit‹, sagte Delilah. ›Ich kann dir gar nicht sagen, wie seltsam ich es schon immer fand. Da kann ich zum Beispiel zwar haben, was mein Herz nicht begehrt, aber was mein Herz begehrt, das kann ich nicht haben.‹

›Ja, seltsam‹, gab Auden Löffelreiher zu. ›Aber weshalb begehrt ein jedes Herz überhaupt etwas außer dem, was ihm auf dieser herrlich schönen Welt schon gehört?‹

›Man kann ein Herz nicht beherrschen‹, rief Delilah. ›Ein Herz schlägt weiter, bevor man das Denken anhalten kann. Ein Herz stürmt allem voraus. Ein Herz spielt mit schimmernd buntesten Dingen, wenn alles andere nur noch leblos matt ist. Ein Herz liebt –‹

Aber Delilah beendete diesen Satz nie. Vor ihren Augen erhob sich eine atemberaubende Wand – eine Wasserwand, die zugleich Feuer, Wolke und Silber war, und darin waren unbeschreibliche Regenbögen von jenem Purpur, das die Seele in ihrem ganzen Glanz bündelt und ihre wundersamen Möglichkeiten zeigt; und darin waren Linien von jenem blassen Lavendellila, das den Sinnen schmeichelt – so dass einem fast ein Hauch vom Duft der Sonnenwende in die Nase steigt; und darin waren breite Flächen von tiefem Schwarz und grellem Weiß, die wie ein Abbild von Leben und Tod anmuteten; und zuallerletzt war darin eine Welt von unendlichem Grün: Sie war von da gekommen, wo alles Große geschah; sie war dorthin gekommen, wo alles vor ihr versank, wo alles Leben frohlockte, dann aber dahinschwand angesichts dieses Grüns.

Eine vorzügliche Laune, der der Flussgott da nachgab.

Einen kurzen Moment lang staunten Delilah und Auden Löffelreiher. Sie sahen, wie atemberaubend alles war. Sie sahen zwar den Tod in der schimmernden Pracht, waren aber nichtsdestotrotz bester Stimmung. Sie sahen auch eine wilde Schar lebendiger Wesen vor der Welle. Delilah erkannte ihre Familie – Lilith und die anderen –, wie sie, schon halb versunken, gegen das Wasser ankämpften, während ihre Behausung aus Schilf, von ihren Grundfesten losgelöst, flussabwärts getragen wurde.

Die Welle packte sie augenblicklich und merzte Delilahs Leben im Wasser aus. Auf einem dunklen Schwall wurde sie in die Höhe getragen und erhielt auf dem Kamm unvermittelt und mit voller Wucht von einer quadratischen schwarzen Holztafel einen Stoß vor ihre graue Brust.

Bevor aus der schimmernden Pracht der Tod zu ihr kam, ging ihr etliches durch den Sinn. Verblüffend deutlich sah sie einen Augenblick lang die Worte auf der Tafel vor sich: ›In der Jugend Blütetag eingegangen in seine letzte Ruhe. Seine Tugenden aber sind weiter mit uns.‹

Sie meinte sogar, zum ersten Mal zu verstehen, was die Worte bedeuteten.

›Der Jugend Blütetag‹, murmelte sie vor sich hin, ›ist der Tag, an dem ich mit meinem Herzallerliebsten Lotusblumen essen gehe – und Tugenden sind zwei Augen violett wie Amethyst, die auch dann bei mir sind, wenn ich ertrinke.‹

Auden Löffelreiher ertrank gemeinsam mit ihr.

Das ist die ganze Geschichte«, sagte meine Freundin Annabel Lee.

»Danke«, sagte ich. »In ihrer Wunderlichkeit ist sie entzückend. Was bedeutet sie, Annabel Lee?«

»Bedeuten?«, sagte meine Freundin Annabel Lee. »Ich habe nicht behauptet, sie würde irgendetwas bedeuten.«

»Aber ich nehme doch an«, sagte ich, »dass alles, was wahr ist, etwas bedeutet.«

»Höchstwahrscheinlich«, sagte meine Freundin Annabel Lee. »Nur ist diese Geschichte nicht wahr. Ich habe sie erfunden.«

Weil sie nicht wahr ist, oder aus einem anderen Grund, geht mir die Geschichte noch immer durch den Kopf. Wie ähnelt sie doch meiner Freundin Annabel Lee!

16 Ein Maßstab für Kummer

»Auch wenn Sie genauso schön sind wie Poes Annabel Lee«, sagte ich zu meiner Freundin Annabel Lee, »– und ich die Hälfte der Zeit denke, dass Sie dieselbe sind –, so entdecke ich doch, wenn ich das Gedicht Revue passieren lasse, Unterschiede.«

»Sie entdecken also Unterschiede«, sagte meine Freundin Annabel Lee.

Ich sagte auf:

»›Es lebte vor langer, sehr langer Zeit
In einer Küstenmonarchie
Ein Mädchen, das kennt jeder weit und breit
Unter dem Namen Annabel Lee.
Dies Mädchen, das hatte nur mich im Kopf
Und liebte mich so wie ich sie.‹

Die ersten vier Zeilen«, sagte ich, »passen sehr gut, denn es spielt keine Rolle, vor wie langer Zeit Sie gelebt haben – und wer kann das auch sagen? Aber – ich meine, Sie haben anderes im Kopf als das Erwähnte.«

»Das meine ich auch«, sagte meine Freundin Annabel Lee.

Ich sagte auf:

»›Ich war ein Kind, und sie war ein Kind
In dieser Küstenmonarchie;
Und mehr als Liebe war, wie wir uns liebten,
Ich und meine Annabel Lee –
Eine Liebe, dass die Seraphim im Himmel
Beneideten mich und sie.‹

Die erste Zeile mag noch zutreffen«, sagte ich, »denn Sie sind gerade mal vierzehn, und ich bin erst einundzwanzig – was ziemlich jung ist, verglichen mit dem Alter der Erde. Doch die dritte und vierte Zeile sind haarsträubend. Und deshalb, leider, sind Sie nicht meine Annabel Lee. Immer geben Sie mir nämlich das Gefühl, dass nichts mir gehört. Und deshalb beneiden die Seraphim im Himmel Sie und mich nicht, nein bestimmt nicht.«

»Falls aber doch«, sagte meine Freundin Annabel Lee, »so muss der Himmel sehr spärlich möbliert sein.«

Ich sagte auf:

»›Und aus diesem Grund blies vor langer Zeit
In dieser Küstenmonarchie
Aus einer Wolke ein Wind und versehrte
Meine schöne Annabel Lee,
So dass ihr erlauchter Verwandter kam
Und trug hinweg mir sie,
Um sie zu sperren in eine Totengruft
In dieser Küstenmonarchie.‹

Manchmal stelle ich mir vor«, sagte ich, »dass eines Nachts irgendwann ein eiskalter Wind aus einer Wolke bläst und über Sie hinstreicht. Zwar kommt kein erlauchter Verwandter, um Sie hinwegzutragen – aber schon die Möglichkeit lässt mich schaudern. Wird ein erlauchter Verwandter kommen, um Sie hinwegzutragen – sollen Sie in eine graue Totengruft aus Stein gesperrt werden?«

»Kein Verwandter, erlaucht oder nicht, kommt, um mich hinwegzutragen«, sagte meine Freundin Annabel Lee. »Verwandte tragen nichts hinweg, was keinen wesentlichen Wert besitzt.«

»Nein, ich glaube, das machen sie nicht«, sagte ich und war erleichtert.

Ich sagte auf:

»›Die Engel, nicht halb so glücklich im Himmel,
Waren voll Neid auf mich und sie,
Ja! Aus diesem Grund (das weiß man weit und breit
In dieser Küstenmonarchie)
Blies aus der Wolke nachts der Wind
Und versehrte und zerstörte meine Annabel Lee.‹

Nein, nein«, sagte ich. »Die Engel im Himmel sind bestimmt mehr als halb so glücklich wie Sie und ich.«

»Mehr als halb«, sagte meine Freundin Annabel Lee. »Daher müssen sie auch keine Wolken aus dem Himmel schicken.«

Ich sagte auf:

»›Doch hat die Liebe uns weit liebender verwoben
Als jene, die älter waren als ich und sie,
Weit klüger waren als ich und sie;
Und weder die Engel im Himmel droben
Noch tief unterm Meer die Dämonie
Löst meine Seele je los von der Seele
Der schönen Annabel Lee.‹

Würden Sie etwas lieben«, sagte ich, »wären Sie ihm weit liebender verwoben als ein paar von denen, die älter, und als sehr viele, die vielleicht klüger sind.«

»Ich glaube nicht, dass Klugheit und Alter etwas damit zu tun haben«, sagte meine Freundin Annabel Lee.

»Und die Engel im Himmel würden dabei kaum eine Rolle spielen«, sagte ich.

»Nein, die Engel im Himmel bestimmt nicht«, sagte meine Freundin Annabel Lee.

»Und tief unterm Meer die Dämonie genauso wenig?«, fragte ich.

»*Damit* kenne ich mich nicht aus«, sagte meine Freundin Annabel Lee.

Ich sagte auf:

»›Denn der Mond scheint kaum, schon kommt mir
ein Traum
Von der schönen Annabel Lee;
Und kein Stern steigt mehr hinauf, doch vor mir gehen
auf
Die Augen von Annabel Lee;
Und nachts schlägt mein Herz laut, denn ich spüre
die Haut
Meiner Liebsten – meine Liebste – mein Leben und
meine Braut
In einer Totengruft dieser Küstenmonarchie,
In einem Grab der umtosten Küstenmonarchie.‹

Die ersten Zeilen passen gut«, sagte ich. »Denn Sie ähneln ja dem Mond und den Sternen, und sie wiederum ähneln Ihnen. Sie haben etwas genauso Schattenhaftes an sich. Und lägen Sie irgendwo an der Küste in einer grauen Totengruft aus Stein, dann bliebe ich in Ihrer Nähe, Tag und Nacht, bei Ebbe und bei Flut. Sie wären dort – und mein Herz schlüge Ihnen doch noch entgegen.«

»Sogar stärker als zuvor«, sagte meine Freundin Annabel Lee. »Denn am Ende fällt alles dem Meer anheim. Kein Mensch«, sagte meine Freundin Annabel Lee, »hat mehr Glück als jene mit Maßstäben für Kummer, die sich ans Meer knüpfen lassen. Solche Maßstäbe für Kummer werden ihnen gute Dienste leisten und ihnen an Tagen zustattenkommen, wenn alles andere sie im Stich lässt. Ist ein Maßstab für Kummer ans Meer geknüpft, dann gehört er zum Meer – und das Meer ist immer da.

Das Meer«, sagte meine Freundin Annabel Lee, »ist wie ein Brief von jemandem, dem man nach langem Schweigen geschrieben hat und der auch hätte tot sein können.

Das Meer ist der Maßstab für Kummer, genauso wie der Maßstab für Kummer das Meer ist. Wer einmal einen ans Meer geknüpften Maßstab für Kummer hatte, wird nie wieder vom Meer getrennt werden.

Der Maßstab für Kummer wird sein ganzes Leid tief ins Meer senken, und das Meer wird dadurch dieselbe Farbe annehmen. Denn ein Maßstab für Kummer hat genügend Farbe für ein großes Meer.

Das Meer wird dem Maßstab für Kummer ein klein wenig ungestüme Freude beimengen. Es gibt auf der Welt keine Freude wie die des Meeres – denn es gibt darin so viel davon, dass sie einfach ans Licht kommt und alles im Leben berührt, auch das Leben selbst. Und nur am Schauplatz eines Todes wird die ungestüme Freude innehalten. Ist ein Leben trotz all des Überdrusses, all der Qual, all der bedrückenden Tage voller Unrast und all der nutzlosen Anstrengung und Kräfteverschwendung ans Meer geknüpft, wird einem in alldem dennoch eine ungestüme Freude zuteil, ja in besonderen Augenblicken Schauer für Schauer die Wonne des Triumphs.

Maßstäbe für Kummer, die nicht ans Meer geknüpft sind, müssen allein klarkommen.

Und deswegen sind Menschen mit Maßstäben für Kummer, die sich ans Meer knüpfen lassen, diejenigen, die das größte Glück haben.

17 Eine Laute ohne Saiten

Das Erstaunlichste an meiner Freundin Annabel Lee ist, dass sie, so jung sie auch ist, außer angesichts von etwas Vergangenem absolut in der Gegenwart zu weilen scheint. Sie baut sich nichts für die Zukunft auf. Die Zukunft betrachtet sie mit Geringschätzung. Sie sieht keinerlei Nutzen darin – außer vielleicht, dass sie eine erbitterte Sentenz zu formen helfen könnte.

Die Gegenwart liegt vor ihr, sie hebt sie hoch und legt sie vor sich auf einen Tisch und schlägt sie auf, als wäre sie ein Buch – ein Buch mit nur zwei Seiten. Sie scheint Symbole, Figuren und undeutliche Hinweise auf diesen beiden Seiten zu entdecken, denen sie eine Vielzahl an Ideen verdankt, an Einfällen und Material, um erbitterte Sentenzen daraus zu machen.

Das scheint sie zu interessieren und interessiert mich nur sehr bedingt.

Sie verweilt in der Gegenwart.

Sie redet von Gegenwärtigem in Tonfällen, die in scharfem Kontrast zu den von ihr geäußerten Gefühlen stehen. Währenddessen ist ihr Gesichtsausdruck unergründlich. Im Großen und Ganzen ist sie eine unergründliche Person. Während ich ihr zuhöre, frage ich mich: Glaubt sie selbst, was sie da sagt – oder redet sie bloß zu ihrer eigenen Belustigung? Doch unweigerlich spüre ich einen Hauch Wahrheit in allem, was sie sagt. Ich blicke sie durchdringend an, um Anzeichen von Ironie oder Unaufrichtigkeit auszumachen – aber ich kann nur einen Hauch erbitterter Wahrheit spüren, oder einen Hauch freundlicher Wahrheit, oder einen Hauch uralter Wahrheit, oder seltsamer.

Dann, während sie so redet und ich mich im selben Moment wundere, denke ich: Was spielt es für eine Rolle, ob etwas wahr daran ist oder nicht, oder ob sie daran glaubt oder nicht, oder ob ich es verstehen kann oder nicht – da *sie* das doch sagt. Ist sie nicht jemand ganz Besonderes und erzählt mir hier etwas mit ihrer so entzückenden Stimme?

Sie trägt alles auf der Welt vor sich her.

Denn sie und ich bilden eine kleine Welt.

Ist nicht eben brillant, was sie sagt, liegt es daran, dass Brillanz das Gesagte ruinieren würde.

Ist nicht eben tiefsinnig, wie sie etwas ausdrückt, liegt es daran, dass sich ihre Phantasie gerade in leichten Phantastereien ergeht und Tiefsinn diese ruinieren würde.

Ist sie nicht eben logisch, liegt es daran, dass sie bezaubernd ist und damit so ziemlich jenseits aller Logik.

Nichtsdestotrotz zeigt ihr Gesicht, wenn sie etwas sagt, das schlicht, einleuchtend und dämlich ist, vor allem den Ausdruck eines Menschen, der etwas Brillantes sagt.

Und rührt sie sachte an diese oder jene zarte Phantasterei, so ist der Ausdruck ihres liliengleichen Gesichts vor allem tiefsinnig.

Und ist sie zu unlogischsten Äußerungen aufgelegt, so ist ihr Gesichtsausdruck das Inbild dessen, der freimütig und wohlüberlegt Plattitüden von sich gibt.

Auf diese Weise gewahrte ich in ihrem Gesichtsausdruck so einige meiner Traumbilder von meiner Freundin Annabel Lee.

Eins ist ein Traumbild von ihr als patenter, altjüngferlicher Tante, einer, die sich ein Bein für mich ausreißt, ob ich krank oder gesund bin, die mir Fleischpastetchen zubereitet, mir Bescheid sagt, wenn ich zu viel Geld ausgebe, und weiß, was gegen eine Erkältung hilft.

Eins ist ein Traumbild von ihr als ausgelassener Spielkameradin, die jeden Sommertag mit mir verbringt, ihre ganzen merkwürdigen Gedanken mit mir teilt, mir unzählige Fragen stellt und für die ein Ausspruch von mir ein Evangelium darstellt.

Eins ist ein Traumbild von ihr als Schwester – einer, die von allem, was das Leben bietet, das Beste hat, während ich mit dem kümmerlichen Rest vorliebnehmen muss; einer, die einen Grafen aus Übersee ehelichen wird, wofür ich arbeiten und mich beeilen muss, damit ihre Kleider für die Hochzeit rechtzeitig fertig werden – um dann für den Rest meines Lebens in ein kleines, totes Nest zurückzukehren.

Eins ist ein Traumbild von ihr als in der seelenruhigen Märtyrerschwester, die auf meinen Ruf hin erscheint und sich auf mein Geheiß zurückzieht – wobei meine Freundin Annabel Lee in dieser Rolle mit hinreißender Schönheit nur so dahinschreitet.

Eins ist ein Traumbild von ihr als starker, älterer Freundin, die zwischen mir und allen eisigen Anfeindungen steht, die mir den Alltag plant, die mir mit ihrer Besonnenheit und Erfahrung die überdrehte Aufgeregtheit nimmt.

Eins ist ein Traumbild von ihr als einer, die kein Gesetz kennt, die mich auf unwirkliche Landstraßen und Nebenstraßen führt und deren Denken für mich ein Labyrinth ist, in dem ich in kläglicher Verwirrung umherstreife.

Eins ist ein Traumbild von ihr als extrem boshafter Person, auf die ich voller Angst blicke, die ich eigentlich hassen sollte, die ich aber liebe.

Eins ist ein Traumbild von ihr als Frau ohne erkennbares Alter, die in erster Linie kompromisslos und unsympathisch ist. Wenn ich fröhlich bin, bleibt sie ungerührt; wenn mir schwer ums Herz ist, bleibt sie ungerührt; wenn ich etwas nicht abwarten kann, bleibt sie ungerührt; wenn ich verzweifle, bleibt sie ungerührt.

Eins ist ein Traumbild von ihr als Gespenst unter Gespenstern. Sie ist nicht real, sage ich mir. Eines Tages werde ich aufwachen und sie verschwunden sein – schmerzlos, ohne »Kummer des Abschieds« und als hätte es sie nie gegeben.

Eins ist ein Traumbild von ihr als jemand, der auf der Welt, Teil der Welt und wie der Rest der Welt ist. Und wenn ich sie so vor mir sehe, denke ich: Das Allerbeste ist es, auf der Welt, Teil der Welt und wie der Rest der Welt zu sein – die Eigenschaft der Menschlichkeit zu besitzen, die Welt gut genug zu kennen, um imstande zu sein, von ihren Schätzen das Beste auszuwählen und dem, was davon nutzlos ist, einen Nutzen zu geben.

Aber alle diese Traumbilder sind Chimären. Keines davon ist meine Freundin Annabel Lee. Es ist der immer andere Ausdruck ihres liliengleichen Gesichts, der mir diese Traumbilder eingegeben hat – weder das, was sie sagt, noch das, was sie tut. Irgendwie gleicht sie in Wahrheit allen diesen Traumbildern, nur ist jedes so sehr von ihr durchdrungen, dass das Urbild verlorenging.

Und auch wenn sie dasitzt, das zweiseitige Buch aufgeschlagen vor sich, und sehr interessiert an allem scheint, was sie darin entdeckt, wirkt meine Freundin Annabel Lee dabei doch wie eine, die, würde irgendjemand sie bitten, ihm das Buch auszuleihen, es umgehend zuschlüge und ohne Bedauern bereitwillig weitergäbe. Und nachdem sie das Buch weggegeben hätte, würde sie irgendwo in der Nähe vielleicht eine Blume herausziehen, zwischen Daumen und Zeigefinger den Stiel hin- und herrollen und aus dem Fenster blicken.

Nicht dass sie die Gegenwart ähnlich geringschätzen würde wie die Zukunft, doch anscheinend benötigt sie das zweiseitige Buch nicht, um sich darüber Gedanken zu machen.

Genauso aber hat ihre Geringschätzung der Zukunft Methode. Denn sie geruht zwar, die Zukunft als dasjenige zu betrachten, was Gegenwart wird, indem die Tage einer nach dem anderen verstreichen. Doch in treuem Glauben rührt sie daran nicht, bis es tatsächlich Gegenwart ist.

Manchmal sitzt meine Freundin Annabel Lee da und spielt auf einer kleinen alten Laute.

»Die Zukunft«, sagte meine Freundin Annabel Lee, »ist wie eine Laute ohne Saiten. Man kann auf so einer Laute nicht spielen, um die langen, langen Korridore im Hirn mit schaler, süßlicher, bedeutungsleerer Musik zu erfüllen. Man kann nur dasitzen, dümmlich in den Hohlraum glotzen und denken, wie fröhlich die eines Tages erklingende Musik sein wird, sobald man seine Laute ab und zu mit Saiten bespannt hat – auch wenn man in solchen Momenten vielleicht besser in seinen Garten hinausginge, den Hohlraum mit Tomaten füllte und damit auf den Markt eilte. Und während man so dasitzt und über seiner saitenlosen Laute vor sich hinträumt, dreht man vor Ungeduld an den Wirbeln, dreht zu stark und zu oft daran, so dass, ist die Laute erst besaitet, die Wirbel nicht mehr richtig funktionieren, sondern in einer Stellung festklemmen. Und berührt man die Saiten dann mit der anderen Hand, ertönt ein furchtbarer Missklang – immer derselbe furchtbare Missklang.

Noch nie«, sagte meine Freundin Annabel Lee, »habe ich über einer unbesaiteten Laute jemanden träumen sehen, der dabei nicht an den Wirbeln herumhantiert hätte.«

Dies gesagt, blickte meine Freundin Annabel Lee über meinen Kopf hinweg auf den flachen, grünen Atlantik hinaus und fuhr mit der Hand leicht über die Saiten ihrer Laute, so dass Musik ertönte. Und die Wirbel funktionierten, ganz als wäre daran nicht herumgepfuscht worden, als die Laute unbesaitet gewesen war.

Und die Musik, die ertönte, stieg einem wie gelbgoldener Wein zu Kopf und lief nicht nur in die Korridore, sondern genauso die Türme hinauf, tief unten den Burggraben und innen und außen die Festungsmauer entlang und in den Kerker, wo nie zuvor Musik gewesen war.

18 Ein weiteres Traumbild von meiner Freundin Annabel Lee

Und ich habe ein Traumbild von meiner Freundin Annabel Lee als Prinzessin in einer großen, großen Burg an der Küste – einer Burg aus finster rotem Granitstein, die im Licht der untergehenden Sonne in prachtvollem Karmesin erstrahlt.

Und von früh bis spät gibt es rund um die düstere rote Burg kein Zeichen von Leben, und auch der Wind weht nur schwach, und das Wasser hört man kaum. Weiter unten am Strand fliegen nur einige Möwen umher und lassen sich Wildenten auf den Wellen treiben.

Meilenweit rührt sich nichts auf den zerklüfteten Klippen rund um die rote Burg, nur in den Felsspalten wächst wild und grün etwas Unkraut, das voller hellem, süßem Leben ist. Und von früh bis spät ist der Himmel blassblau.

Die Fenster der roten Burg sind aus dickem, dunklem Glas, sie sind vergittert, längs unterteilt und mit Eisen umfasst. Streng und verbittert wirken diese Fenster und sperren alles Äußere aus.

Die Burgzinnen sind schmal, hoch und finster, angsteinflößend und sehr mürrisch. Stünde ich dort auf den Zinnen, ich würde mich freudig von ihnen auf die Klippen hinabstürzen, Hunderte Fuß tief, und in kleinste Teile zerschmettert werden – oder versinken im Meer. Nur stehen dort unten ein Wachturm und ein Belfried, allerdings einer ohne Glocke, und der Wachturm ist ein geschützter und sicherer Rückzugsort, von dem aus man alles überblickt. Jemand, der noch nie und nirgends auf der Welt zufrieden war, wäre in dem Wachturm dieser an der Meeresküste in die Höhe ragenden roten Burg wohl endlich zufrieden.

Wo das Meer und der Himmel in der Ferne aufeinandertreffen, verläuft eine schmale Linie, die weder blassblau wie der Himmel noch dunkelblau wie das Meer ist, sondern einzig blasse, dünne Luft. Und ich sehe da hin und erwarte … doch im hellen Tageslicht weiß ich nie, was ich in der Linie aus dünner Luft, an der das Blasse und das Dunkle aufeinandertreffen, eigentlich zu sehen erwarte.

Und so ist es denn den lieben langen Tag totenstill, während im Innern der roten Burg meine Freundin Annabel Lee Prinzessin ist.

Welch holde Prinzessin ist meine Freundin Annabel Lee!

Ich male sie mir in einem wunderschönen, mit Goldfaden bestickten Kleid aus. Lang und schmal ist das Kleid, es schmiegt sich eng an die Taille und hat eine Schleppe. Und am linken Zeigefinger der Prinzessin sitzt ein großer alter Silberring mit einem ungeschliffenen Türkis.

Die Zimmer im Innern der roten Burg sind wie gemacht für so eine Prinzessin. Sie sind finster, hoch und schmal, sind verziert mit Fresken und Wandbildern, und die dicken Fensterscheiben aus dunklem Glas erstrahlen in wundersamen, unzähligen Farbtönen, wo das Licht durch sie fällt. Vor manche der Fenster sind Täfelchen aus geschliffenem Glas gehängt, die die Sonnenstrahlen einfangen, so dass sich sogleich zahllose Regenbögen auf das Kleid und die Hände und das Haar der Prinzessin herabsenken.

Wenn die Sonne untergeht, fällt von fern ein breiter Streif tiefgoldenen Lichts auf die rote Burg, wodurch sie in prächtigem Karmesin erstrahlt. Das dunkle Glas der Fenster erglüht wie altes Kupfer. Die Zinnen erhalten goldene Spitzen, und alles gleicht einer großen Blume, die soeben erblüht ist.

Nachdem die Sonne untergegangen und das Karmesin auf den roten Burgmauern genauso verblasst ist wie auf den Fenstern der Kupferglanz, ja bevor alles Tageslicht erlischt, nehmen das Meer und der Himmel unterschiedliche Schattierungen und unterschiedliche Bedeutungen an, kommen die Möwen und die Wildenten von weiter unten am Strand herauf und hallt in den Felsen ihr ungestümes Lärmen wider. Der Himmel ist erfüllt von dahinziehenden Wolken, und das Wasser steigt und hat weiße Schaumkronen.

Doch die Linie am Horizont sieht noch immer genauso aus.

Dann öffnet die Prinzessin in ihrem weißen Kleid hoch oben in der in die Höhe ragenden Burg eine Tür und tritt unterhalb des Wachturms ins Freie. Sie tritt an das Geländer, lehnt sich daran und stützt ihr schönes Kinn auf den Handteller.

Über lauter dunkles Wasser hinweg sehe ich sie in der Ferne dastehen, ihr weißes Kleid schimmernd im blassen Licht – so hoch droben über allem –, und alles Mögliche beginnt mir durch den Kopf zu gehen.

Die Prinzessin blickt auf die dünne Himmelslinie vor ihr, so unerschütterlich blickt sie darauf, dass ich die Augen von ihr abwende und gleichfalls dorthin blicke.

Und mit einem Mal geschieht dort allerlei.

So geschieht es, dass ein Ritter mit seinem schwarzen Streitross und in glänzender Rüstung in die Schlacht zieht. Und am Helm trägt er eine orangerote Feder. Überaus tapfer zieht er von dannen. Er steht in der Blüte seiner Jugend und Stärke. Und da dem so ist, kann ich – und kann die Prinzessin auf dem Wachturm – ihn in einer erbitterten Schlacht ruhmreich fallen sehen, den Tod in seinen Adern, und wie das Streitross reiterlos davontrabt in die Nacht. Und die Prinzessin blickt voller Neid auf einen, der in die Schlacht ziehen und darin fallen kann.

So geschieht es, dass in einem kleinen Zimmer bei trübem Licht eine junge Frau mühevoll und unnachgiebig in hinreißend feiner Handarbeit ein riesiges Rechteck aus Leintuch bestickt. Ihre Schultern sind gebeugt und ihre Augen angestrengt, ihre Hände sind müde und ihre Nerven zum Weinen zerrüttet. Aber sie lässt von ihrer Arbeit nicht ab. Sie und ihre

Arbeit sind wie eine Ameise, die Sandkorn für Sandkorn eine Wüste davonträgt, wie der Leidgeplagte, der eine Pyramide errichtet, und wie einer, der sämtliche Sterne zählt. Man weiß nicht, wem das Leintuch gehört, wieso sie daran arbeitet oder ob sie dafür Geld bekommen wird. Sicher dürfte nur sein, sie wird ihren Lohn erhalten. Leute, die so in kleinen Zimmern alles geben, sich müde schuften, erhalten ihren Lohn immer. Und so blickte die Prinzessin auf dem Wachturm zu der Frau, als wäre diese mit ihrem Leintuch und ihrer Nadel die Glückliche.

So geschieht es, dass Frankokanadier Heu machen und es an einem frühen Sommernachmittag zusammenrechen – Frauen und Männer. Der Tag ist so wunderbar warm und der Duft des Grases so süß, dass eine hoch aufragende rote Burg an der Meeresküste der allerödeste Ort ist. Die Prinzessin mit ihren traurigen Purpuraugen blickt von dem Wachturm. Sie blickt auf den Ring an ihrem Zeigefinger … und gemeinsam mit ihr frage ich mich, warum nicht alle Menschen von Geburt an auf den Feldern Heu erntende Frankokanadier sind. Über sie hin wallt die Luft des frankokanadischen Landes; unter ihren Füßen ist das weiche frankokanadische Heu. Und sie haben Appetit auf das, was sie essen.

So geschieht es, dass im Matsch unter einem grünen Weidenbaum ein Kind spielt. Das Mädchen hat einen großen Zinnlöffel, um große Matschklumpen zu sammeln, hebt die Klumpen mit beiden Händen, klopft und formt sie zurecht und legt sie in Reihen auf dem Kies aus. Wo es hockt, rieselt von der nahen Wiese Wasser herab, und auch das sammelt es mit dem Löffel, um damit den Matsch aufzuweichen. Die Reihen aus Matschkuchen auf dem Kies sind sehr ordentlich und unendlich sorgfältig arrangiert. Darüber vergisst die Prinzessin ihren Neid auf das Kind und dessen Matschkuchen, weil sie nur noch interessiert, wie man diese macht. Ihr Gesicht und ihre Purpuraugen wirken sogar unendlich zufrieden, mit so einem vielseitig begabten Geschöpf gleichzeitig auf der Welt zu sein.

Hat sie die Traumbilder lange Revue passieren lassen, wendet die Prinzessin die Augen von der dünnen Himmelslinie ab und blickt in das aufgewühlte dunkle Wasser hinunter.

Hat man alles gesehen, sagt die Prinzessin, gibt es nichts Besseres als wildes, dunkles Wasser, das zu ausgedehnt ist, um es zu vermessen, das gut ist für tausend Jahre und das dennoch so guten Fisch bereithält wie eh und je. In der Güte seines Herzens wirft es rosa Muscheln auf den Sand und schickt wild pfeifende Böen hinauf zu den höchsten Spitzen meiner roten Burg, damit sie für mich singen und mir viele Geschichten erzählen. Und es führt wilde Winde mit sich, die umherwandern in und auf den hohen Wänden und durch die Höhlen entlang seiner zerklüfteten Küste – und wüsste ich nicht, dass sie Winde sind, ich hielte sie bestimmt für die Stimmen singender Seejungfrauen – hohe, dünne, durchdringende Stimmen, in die sich das Geräusch langanhaltender, an Land brandender Wellen mischt. Und es gibt trostloses, einsames Geheul von sich – ein Seetaucher, der eine Meile entfernt in den Nachtnebeln ruft, und schreiende Wildgänse –, weswegen ich weiß, es leben in und auf dem Wasser Geschöpfe, die hundert Mal wilder und einsamer als ich sind. Und es schickt gute Schiffe in voller Fahrt gegen diese großen Felsen und zerschmettert sie in kleinste Teile, und Menschen gehen mit ihnen unter, um für tausend Jahre in der Tiefe zu ruhen, weswegen ich weiß, dass es Menschen innig liebt und sie nötig hat. Am Vormittag eines Julitages geht es mir mit seinem freudigen, warmen Sonnenschein zu Herzen, blendet meine Augen und erfüllt mich mit Trost – und ich weiß, dass zu leben in Sicherheit zu sein heißt. Hat man alles gesehen, sagt die Prinzessin, so gibt es nichts Besseres.

Daher habe ich ein Traumbild von meiner Freundin Annabel Lee als Prinzessin in einer hoch aufragenden roten Burg an der Meeresküste.

Dennoch ist dies nicht meine Freundin Annabel Lee. Denn sie ist noch weitaus faszinierender, ihre Burg ist noch höher und von noch tieferem Rot – und vor allem ist sie sie selbst.

19 Die Kunst der Betrachtung

Gestern saßen meine Freundin Annabel Lee und ich einander bequem gegenüber an einem kleinen Tisch und aßen zu Mittag. Sie war sehr schön und bester Stimmung – zumal wir winzig kleine Grillfische vor uns hatten, Tee mit Zitronenscheiben darin, außerdem Brot und grünen, mit Essig und Öl und rotem Pfeffer angemachten Salat, und zwei Krüge mit Ale.

»Essen ist etwas Feines, finden Sie nicht?«, fragte ich.

»Es gehört zum Besten, was je erfunden wurde«, sagte meine Freundin Annabel Lee. »Haben Sie schon einmal überlegt, *wie viel* im Leben fehlen würde, gäbe es keine Mahlzeiten und würden wir nicht jeden Tag dreimal essen?«

»Ja, das hab ich schon einmal überlegt«, gab ich zurück, »und dass es eine Freude ist, die man nie satthat.«

»Es ist so viel mehr als nur Freude«, sagte meine Freundin Annabel Lee. »Es ist eine Notwendigkeit, eine Kunst, eine Erholung und eine Entlastung – und, du liebe Zeit, es bringt einen auf Augenhöhe mit Königen oder verendenden Tieren.

Ich male mir oft einen Klapptisch aus, der in einem fernen Land drei Mal täglich unter eine wunderschöne Eibe gestellt wird«, sagte meine Freundin Annabel Lee. »Die Eibe steht auf einer Weide, auf der Rinder grasen, so dass immer, wenn ich an dem Klapptisch sitze und esse, die Kühe im Kreis um mich herumstehen und mir zusehen. Manchmal gibt es Schwarzbrot und Honig auf dem Klapptisch; manchmal gibt es Salz und Zuckermelone; manchmal gibt es Salat mit Essig, Pfeffer und Öl; manchmal gibt es Vollkornbrot, verschiedenen Quark und Sahne in einer braunen, irdenen Schüssel; manchmal gibt es Walnüsse und Feigen; manchmal gibt es zwei kleine Grillfische; manchmal gibt es Pfirsiche; manchmal gibt es flache, weiße Biskuits und Quadrate aus braunem

Fudge; manchmal gibt es Brot und Käse; manchmal gibt es Oliven und schottisches Bannockbrot; manchmal gibt es einen blauen Delfter Pott Schokolade und ein Ei; manchmal gibt es Tee und Scones; manchmal gibt es Pflaumenkuchen; manchmal gibt es Brot und Rettich; manchmal gibt es Wein und Oliven; manchmal gibt es Erdbeertorte.

Ich würde auf der anderen Hügelseite wohnen und käme morgens um sieben, mittags um eins und abends um sieben zu der Eibe zum Essen. Und dazwischen würde ich fleißig arbeiten, damit ich mir mein Essen auch ordentlich verdient hätte.«

»Was wäre Ihre Arbeit denn für eine?«, fragte ich.

»Ich könnte feine Spitze waschen«, sagte meine Freundin Annabel Lee, »und sie auslegen auf einem sonnigen Rasenstück, um sie zu bleichen und zu trocknen. Oder ich könnte Beeren pflücken und damit auf den Markt gehen. Oder ich könnte in einem Toreingang sitzen und Körbe flechten – wunderschöne Körbchen würde ich flechten. Oder ich könnte einen kleinen Garten hüten, oder eine Herde Gänse – sie füttern mit Körnern und vom Davonlaufen abhalten. ›So viele Stunden muss die Herd ich hüten, so viele Stunden muss ich mich ergötzen, so viele Stunden alles gut betrachten‹ … all das täte ich, während ich meine Herde hütete, und ich würde meine Herde gut hüten. Ich würde alle meine Arbeit gut machen, damit das Essen auf dem Klapptisch unter der Eibe so gut schmeckte, als hätte ich es mir verdient.

Aber schon komisch«, sagte meine Freundin Annabel Lee, die anmutig von dem Salat und dem Fisch aß. »Hätte ich auf diese Weise für sechs oder sieben Monate in einem Land gelebt, in dem der Sommer nie endet – oh, dann wäre ich all dessen bald gewaltig überdrüssig! Und nicht nur des Gartens, der Gänse oder der Körbe, und nicht nur des Klapptischs unter der Eibe wäre ich überdrüssig, sondern all dessen, was die schöne grüne Welt nur irgendwie aufzubieten hätte. In den so vielen Stunden, die ich alles betrachten würde, käme ich zum Schluss: Nichts im Leben kann besser sein, als einen Garten zu hüten oder eine Herde Gänse, als einen Hügel hinaufzugehen, um dort unter einer Eibe dreimal täglich zu essen – *nichts*, wenn ich meine Arbeit nur gewissenhaft mache. Würde also eines Morgens grau die Dämmerung anbrechen und ich erwachen und im Herzen einen Schmerz verspüren, so wüsste ich, dass ich das Beste verpasst hätte, und würde in mir den Überdruss in seiner ganzen Gewalt erkennen. ›Hast du mich gefunden, mein Feind?‹, ginge es mir wieder und wieder durch den Sinn. Und den ganzen Tag lang fiele mir das Hüten der Herden schwer, und von den Äpfeln auf dem Klapptisch unter der Eibe bliebe in meinem Mund nur Staub.«

Meine Freundin Annabel Lee ließ ihre kleine Silbergabel sinken, legte die Hände übereinander auf ihr Knie und saß still da.

Oh, sie war wunderschön, war eine Pracht, als sie so dasaß! Während ich sie vor mir sah, ging mir die diffuse Frage durch den Sinn, wie viel von dem goldenen Sonnenschein an diesem Tag sie für mich wettmachte und wie viel verschwände, wenn sie verschwände.

Kurz darauf fuhr sie fort.

»Viel hängt davon ab«, sagte meine Freundin Annabel Lee, »welchen Raum die Betrachtung in der Lebensweise von jemandem einnimmt und worauf jemandes Betrachtung hinausläuft. Die Betrachtung richtet oft großen Schaden an. Aber ich wage zu behaupten, dass sie als vervollkommnete Kunst von seltener Güte und eine geschickte, folgsame Dienerin ist, die genau weiß, wann sie die Gedanken zu betreten und wann sie sie zu verlassen hat. Und wer auch immer sie beherrscht und es darin zur Vollkommenheit gebracht hat, kann sich höchst glücklich schätzen, sie zu besitzen, und braucht auf der Welt nirgendwo etwas zu fürchten.

Ist man eine Gänsemagd und geht zum Essen zu einem Klapptisch unter einer grünen Eibe«, sagte meine Freundin Annabel Lee, »so sollte man vielleicht besser nur das Leben von Königen in vergoldeten Palästen betrachten. Wenn möglich sollte man am Anfang anfangen und das Leben des Königs Schritt für Schritt durch Beschwerlichkeit und Zwietracht mitverfolgen, bis man mit lebhafter Gänsemagdphantasie den König am Ende schlohweiß und verlassen seinem einsamen Grab entgegenwanken sieht.

Oder man betrachte das Leben eines Arbeiters, der jeden Tag Schalen essen muss, seinen Lohn nicht wert ist, der immer mehr auf den Hund kommt und schließlich betteln geht.

Oder man betrachte das Dasein eines liebreizenden Mädchens, dessen Leben ein hübscher Rondellgarten für Rosen mit gekappten Dornen, beschnittenen Stielen und allem Drum und Dran ist. Und auch ihr folge man Schritt für Schritt bis zu ihrem Grab oder, phantasiert man sich das so zurecht, bis zum Gipfelpunkt allen Glücks und Erfolgs.

Denn die Idee dahinter ist, dass man als ganz der Betrachtung hingegebene Gänsemagd alles und jedes betrachten sollte außer dem Dasein und den Lebensumständen einer Gänsemagd.

Eine noch bessere Idee«, sagte meine Freundin Annabel Lee, »wäre natürlich, überhaupt nichts zu betrachten, verstehen Sie, unter der Eibe bloß Radieschen und anderes Zeug zu essen und sich daran zu erfreuen.

Jedenfalls«, sagte meine Freundin Annabel Lee, »brauchen wir *jetzt* nichts zu betrachten – was etwa anfangen mit diesen zwei kleinen Fischen und diesen grünen, knusprigen Blättern.«

Sie griff erneut zu ihrer kleinen Silbergabel und ging daran, Salat zu essen.

Und kurz darauf hoben wir beide unsere Krüge mit gutem Ale und tranken auf das, was eine noch bessere Idee wäre.

20 Über den kleinen Willy Kaatenstein

Ich hatte meiner Freundin Annabel Lee kürzlich die wichtigsten Fakten eines bestimmten Falles skizziert und fragte sie, ob sie so nett wäre, eine Geschichte daraus zu entwickeln und sie mir zu erzählen.

Also erzählte mir meine Freundin Annabel Lee eine kleine Geschichte, die mir gleichfalls nicht mehr aus dem Kopf geht, was irgendwie an ihrem Takt und Rhythmus liegen muss.

»Es lebte vor nicht sehr langer Zeit in einer Stadt in Montana«, sagte meine Freundin Annabel Lee, »in einer ruhigen Straße eine Familie jener Art von Leuten, die man jüdisch nennt. Und das alles ist erst so kurze Zeit her, dass sie dort noch immer leben.

Ihr Name war Kaatenstein.

Es gab Mrs. Kaatenstein und Mr. Kaatenstein und die vier kleinen Kinder, Harry Kaatenstein, Leah Kaatenstein, Jenny Kaatenstein und den kleinen Willy Kaatenstein.

Und es gab das Dienstmädchen, das Emma hieß.

Und es gab Onkel Will, Mrs. Kaatensteins Bruder, der bei ihnen wohnte.

Mrs. Kaatenstein war klein und dunkelhaarig und zuweilen ziemlich mürrisch, das ganze Jahr hindurch kochte sie mit Hilfe des Dienstmädchens das Obst der Saison ein, wodurch es in der Küche dann sehr warm wurde.

Und auch Mr. Kaatenstein hatte dunkles Haar, war aber ein großer, schlanker Mann, er war freundlich und hatte die Kinder gern, besonders die beiden kleinen Mädchen. Auch Mrs. Kaatenstein hatte die Kinder gern, am meisten aber die beiden Jungen.

Und Harry Kaatenstein glich in vielem seiner Mutter, nur dass er nicht so dunkelhaarig und dass er erst zehn war.

Und auch Leah Kaatenstein war zehn – die beiden waren Zwillinge –, sie achtete auf strikte Sparsamkeit, trug schlichte

Gingham-Kleider, hatte einen langen dunklen Zopf und spielte mit sehr hässlichen Puppen.

Und Jenny Kaatenstein war sieben und über alle Maßen dick, man sah sie nur selten ohne ein Stück ungesäuertes Brot in der Hand – denn die Kinder durften so viel ungesäuertes Brot essen, wie sie wollten. Sehr viel wollten sie davon nicht, außer Jenny. Und alle wollten sie ungesäuertes Brot lieber bestrichen mit Butter und mit Zucker bestreut essen – aber davon kriegten sie nicht so viel, wie sie wollten.

Und Willy Kaatenstein war erst vier und sprach jedes Wort, das er sagte, korrekt aus, was ihn manchmal so klug wie die Schlangen wirken ließ. Er hatte sehr lockiges Haar, und es schien ein ungeschriebenes Gesetz zu sein, dass jede erwachsene Dame, die vorbeikam und die Kinder auf dem Gehsteig vor deren Haus spielen sah, stehen bleiben und ausrufen musste, was für ein hübscher Junge der kleine Willy sei, und ihn dann um einer seiner Locken bat. Woraufhin der kleine Willy auf höchst befremdliche Art in das Gesicht der erwachsenen Dame hinaufblickte und sie womöglich um eine *ihrer* Locken bat. Oder wenn der Lebensmittelhändler oder der Schlachter auf dem Weg in die Küche stehen blieben und den kleinen Willy fragten, wie er heiße oder wie alt er sei, antwortete der kleine Willy mit verblüffender Promptheit und fragte den Lebensmittelhändler oder den Schlachter postwendend, wie denn *er* heiße und wie alt denn *er* sei.

Und Emma, das Dienstmädchen, hatte große Fäuste, war knochig und ein unsympathischer, kaltherziger Geizkragen. Und sie hatte eine Schwester, die sie besuchen kam und dann in der warmen Küche saß und redete, während Emma Kartoffeln schälte oder den Fußboden schrubbte. Die Schwester hieß Juley und brachte den Kindern manchmal seltsame, grüne Süßigkeiten mit, die ihre Mutter ihnen nie zu essen erlaubte. Und manchmal brachte ihnen Juley Kaugummi mit, den zu kauen man ihnen nicht erlaubte.

Und Onkel Will war ein kleiner, stämmiger Mann mit einem Gesicht, das fast immer rot war. Er schien Bier zu mögen. Im Keller gab es jede Menge Bierkästen, die Onkel Will gehörten. Und es gab Kästen voller Bierflaschen, die alle leer getrunken waren, weshalb die Kinder die Flaschen gern verkauft hätten, wäre Flaschenverkaufen ihnen erlaubt gewesen. Onkel Will mochte auch den kleinen Willy, und an Sommerabenden, wenn er und Mr. Kaatenstein zu Hause waren, hörte man Onkel Will, nachdem sie gegessen hatten, wie er mit seiner heiseren, spöttischen Stimme den kleinen Willy aufforderte, zu ihm zu kommen und ein Glas Bier mit ihm zu trinken. Und kam der kleine Willy mit seinen kurzen Locken und seinem kleinen weißen Anzug dann zu ihm und kostete nur von dem Bier, verzog den Mund und vergoss angesichts der Bitterkeit ein paar vergebliche Tränen, so lachte Onkel Will herzlich, ja richtiggehend fröhlich.

Mrs. Kaatenstein hatte jede Menge Enten und Gänse im Hinterhof und verbrachte vormittags viel Zeit mit ihnen, um sie zu mästen und viel Wirbel um sie zu machen. Darum spielten die Kinder dort am Vormittag nie.

Es gab unendlich viel, was den Kaatenstein-Kindern nicht erlaubt war – was ihnen erlaubt war, war verglichen damit nichts, zumal das meiste, was ihnen erlaubt war, sie nicht interessierte.

Jeder von ihnen hatte eine viereckige kleine Eisenspardose, darin waren immer alle möglichen silbernen Vierteldollar-, Zehn-Cent-, Halbdollar- und Fünf-Cent-Münzen, aber ebenso Goldstücke, denn sie waren eine jüdische Familie. Ihr Vater und ihr Onkel Will warfen von Zeit zu Zeit Münzen in den kleinen Schlitz oben auf den Eisenspardosen, Freunde der Familie leisteten ebenfalls ihren Beitrag, und sogar ihre Onkel und Tanten im weit entfernten Cincinnati schickten zu diesem Zweck Geld. Es lag also ein Vermögen in diesen Eisenspardosen, nur war den Kindern nicht erlaubt, irgendetwas damit anzufangen. Und genauso wenig bekamen sie je Geld, ›um es mit dem Kaufen von Sachen zu verschwenden‹, wie ihre Mutter sagte, abgesehen von äußerst selten einem Fünf-Cent-Stück – einem Fünf-Cent-Stück für sie alle vier.

Und es gab Spielsachen, die ihr Vater, ihre Mutter und Onkel Will für sie gekauft hatten, auch solche, die von den Onkeln und Tanten in Cincinnati geschickt wurden, aber mit keinem wurde ihnen je zu spielen erlaubt. Die Spielsachen wurden in einer riesigen Schwarznusskommode im Schlafzimmer ihrer Mutter aufbewahrt. Es gab da ein kleines Klimperpiano, das ihre Tante Barbara Leah Kaatenstein geschickt hatte – oder genauer: anstatt ihrer zu treuen Händen ihren Eltern. Und es gab da eine kleine Lokomotive, die auf einem Gleis fuhr und irgendwann einmal ein Geschenk für Harry Kaatenstein gewesen war. Und es gab da eine riesige Wachspuppe, die Jenny Kaatenstein zugefallen war. Und der kleine Willy Kaatenstein war der vermeintliche Besitzer eines kleinen mechanischen Zirkus mit winzigen hölzernen Akrobaten und Pferden und einer Spieldose unter dem Podest. Und es gab da andere Spielsachen aller Art, denn die Verwandten in Cincinnati waren großzügig gewesen. Aber den Kindern war nicht erlaubt, damit zu spielen, und so staubte alles in der Schwarznusskommode allmählich ein.

Und Harry Kaatenstein hatte eine schöne goldene Armbanduhr, die seine Mutter ihm geschenkt hatte, nur durfte er sie weder tragen noch auch nur ansehen. Sie wurde in einem Schmuckkästchen in ihrem Schlafzimmer aufbewahrt.

Und Leah Kaatenstein hatte eine schöne goldene Armbanduhr, die ihre Großmutter in Cincinnati ihr geschickt hatte, nur durfte sie sie weder tragen noch auch nur ansehen. Sie wurde im Schmuckkästchen ihrer Mutter aufbewahrt.

Und Jenny Kaatenstein hatte eine schöne goldene Armbanduhr, die ihre Tante Rebecca ihr geschickt hatte, nur durfte sie sie weder tragen noch auch nur ansehen. Sie wurde im Schmuckkästchen ihrer Mutter aufbewahrt.

Und der kleine Willy Kaatenstein hatte eine schöne goldene Armbanduhr, die ihm Onkel Will gekauft hatte – und Onkel Will, der im Haus eine privilegierte Stellung einnahm, holte manchmal die Armbanduhr des kleinen Willy aus Mrs. Kaatensteins Schmuckkästchen und gab sie dem kleinen Willy, damit er sie am Abend trug, sobald die Familie im Speisezimmer versammelt war. Und Onkel Will trank dann sein Bier und fragte den kleinen Willy, wie spät es sei. Ehe sie jedoch den kleinen Willy zu Bett brachte, legte Mrs. Kaatenstein die Armbanduhr behutsam zurück in das Schmuckkästchen.

Die Kinder besaßen zwar jede Menge solcher Sachen, doch wirklich spielen konnten sie nur mit einem kleinen, völlig zerstoßenen Wägelchen, das sie im Tagesverlauf auf vielerlei Weise nutzten. Manchmal war es eine Feuerspritze und manchmal ein Schlauchwagen, manchmal ein Automobil und manchmal eine Kutsche, manchmal ein Krankenwagen und manchmal ein Handwagen für Leah Kaatensteins hässliche Puppen (die durch einen merkwürdigen Zufall ihr gehörten und mit denen sie machte, was sie wollte – übermäßig wertvoll waren sie nicht), manchmal ein Tankwagen und manchmal ein Wasserkarren. Sie hatten auch einen kleinen Schaukelstuhl, mit dem sie auf der Veranda Haus spielten. Der Stuhl und das Wägelchen waren beide stark abgenutzt und wirkten nur noch kläglich. Die Kinder hatten es oft satt, immer bloß mit diesen zwei Sachen zu spielen, und sehnten sich nach anderen Vergnügungen. Manchmal verkroch sich Leah Kaatenstein mit ihren hässlichen Puppen auf dem Schoß in den Schaukelstuhl, redete ernst mit ihnen, erzählte ihnen vieles, das ihr ganzes Leben lang von Nutzen für sie sein würde, und bläute ihnen strikte Sparsamkeitsregeln ein. Und manchmal saß Harry Kaatenstein auf der untersten Verandastufe mit der Tülle des langen Gummischlauchs, der an einer Hausseite am Wasserhahn befestigt war und mit dem Mr. Kaatenstein oder Onkel Will abends das Gras wässerten. Den Kindern war zwar nicht erlaubt, das Gras zu wässern, aber aus dem Schlauch tröpfelte für gewöhnlich genug Wasser, damit Harry Kaatenstein auf den Stufen kleine Wasserstrudel fabrizieren konnte, was er denn auch tat und womit er unterschiedlichsten Käfern den Garaus machte. Und manchmal saß Jenny Kaatenstein mit ihrem unvermeidlichen Stück ungesäuertem Brot mondgesichtig und pummelig auf der obersten Stufe und ruhte sich von ihrem Tagewerk aus. Und manchmal kletterte der kleine Willy Kaatenstein auf den Pfahl zu Füßen der Treppe und saß dort oben und trat mit den Absätzen heftig dagegen. Er saß oft da oben und trat gegen den Pfahl, wie man deutlich an den Beulen darin sehen konnte.

An einem warmen Tag, an dem die Kinder wieder einmal nur mit dem Wägelchen gespielt hatten, langweilten sie sich furchtbar, während Emma in der Küche bügelte. Ihre Mutter war den ganzen Nachmittag nicht zu Hause, und selbst mit dem grimmigen Geizkragen Emma im Nacken verspürten die Kinder ein herrliches Freiheitsgefühl. Hätten sie nur ein Fünf-Cent-Stück gehabt! Harry Kaatenstein sagte, hätten sie ein Fünf-Cent-Stück, würde er auf jeden Fall anderthalb Blocks weiter zu Grove's gehen und ein paar braune und weiße Kekse kaufen. Woraufhin der kleine Willy Kaatenstein und Jenny Kaatenstein – Jenny Kaatenstein ganz besonders – mit den Lippen schnalzten, und Leah Kaatenstein seufzte und bemerkte, Harrys Verschwendungssucht sei sehr entmutigend.

Kurz darauf, erstaunlich, aber wahr, kam Emma aus der Küche und erschien mit vier dünn mit Zucker bestreuten Butterbrotscheiben an der Hausecke, woraufhin die Kinder äußerst begierig in ihre Richtung blickten. Jenny Kaatenstein ließ ihr Stück ungesäuertes Brot fallen und wollte schon zu Emma hinlaufen, besann sich aber eines Besseren, weil sie Emmas Eigenheiten kannte. Emma verteilte die Brotscheiben, zog unterm Kinn des kleinen Willy Kaatenstein das Gummiband enger, das dessen Hut festhielt, und setzte die Kinder davon in Kenntnis, dass, wüssten sie, was gut für sie sei, sie besser keine Dummheiten machten, solange sie *sie* im Nacken hätten. Dann ging sie zurück zum Bügeln.

Die Kinder waren so beglückt von ihren Butterbroten, dass ihre Phantasie mir nichts, dir nichts Flügel erhielt.

›Mein Butterbrot ist Himbeereis‹, sagte Harry Kaatenstein.

›*Mein* Butterbrot ist *Schok'laden*eis‹, sagte Leah Kaatenstein immer besser gelaunt.

›*Mein* Butterbrot ist *Vanille*eis‹, sagte Jenny Kaatenstein.

Nur der kleine Willy Kaatenstein sagte kein Wort, denn sein Butterbrot erschien ihm auch als *Butterbrot* sehr gut.

Irgendwie hauchten ihnen ihre Butterbrote neues Leben ein und führten ihnen noch deutlicher die Tatsache vor Augen, dass ihre Mutter den ganzen Nachmittag nicht zu Hause war. Letzten Endes hatten sie von niemandem etwas zu befürchten außer von ihrer Mutter, und da die nicht da war, sollten sie nicht ausnahmsweise das Leben genießen?

Kaum hatten sie aufgegessen, kam ihnen eine glänzende Idee.

›Ich werde ein Fünf-Cent-Stück aus meiner Eisenspardose schütteln‹, sagte Harry Kaatenstein.

›*Ich* werde ein Fünf-Cent-Stück aus *meiner* Eisenspardose schütteln‹, sagte Leah Kaatenstein mit verblüffender Geistesgegenwart.

›*Ich* werde ein Fünf-Cent-Stück aus *meiner* Eisenspardose schütteln‹, sagte Jenny Kaatenstein.

Und der kleine Willy Kaatenstein sagte zwar kein Wort, lief aber schon bei der ersten Ahnung der Idee sofort ins

Speisezimmer, wo auf dem Kaminsims die vier Eisenspardosen standen, schob einen Stuhl herbei und holte seine grüne Eisenspardose herunter. Und dann drückte er das kleine Stück Eisen beiseite, das genau unter dem Schlitz oben auf der Eisenspardose saß, und schüttelte, schüttelte, schüttelte, fast ganz ohne Lärm zu machen, und siehe da – kein Fünf-Cent-Stück, sondern eine Fünf-Dollar-Münze kam heraus und rollte über den Fußboden!

Und dann stürmten Harry Kaatenstein, Leah Kaatenstein und Jenny Kaatenstein herein, griffen sich ihre Eisenspardosen und begannen sie mit großem *Klank, klank* von Silber und Gold gegen Eisen zu schütteln, schütteln – denn war ihre Mutter etwa nicht weit weg? –, während der kleine Willy Kaatenstein mit seinem Goldstück fest in der Hand dabeistand. Selbst mit seiner noch jungen Intelligenz kannte er dessen wundersamen Wert und hielt es für klug, seinen Schatz Leah Kaatensteins entsetztem Starren nicht zu offenbaren.

›Ich laufe runter zu Grove's und kaufe Weingummidrops mit meinem Fünf-Cent-Stück‹, sagte Harry Kaatenstein, der klopfte und schüttelte, woraufhin aber kein einziges Fünf-Cent-Stück zum Vorschein kam, weil er nämlich den kleinen Eisenverschluss vergessen hatte, der nur ab und zu und nie zur richtigen Zeit unter dem Schlitz wegrutschte.

›*Ich* laufe runter zu Grove's und kaufe eine lange Lakritzstange mit *meinem* Fünf-Cent-Stück‹, sagte Leah Kaatenstein – mehr als eine lange Lakritzstange würde sie für ihr Geld nicht bekommen – und schüttelte und klopfte ebenso vergeblich, weil auch sie den kleinen Eisenverschluss vergessen hatte.

›*Ich* laufe runter zu Grove's und kaufe ein paar Kekse mit *meinem* Fünf-Cent-Stück‹, sagte Jenny Kaatenstein, die ebenfalls klopfte und schüttelte und den kleinen Eisenverschluss vergaß.

Und der kleine Willy Kaatenstein sagte zwar kein Wort, als er jedoch hörte, was er mit seinem Geld kaufen konnte, lief er zur Haustür hinaus und die Straße hinunter zu Grove's an der Ecke.

Als nun Harry Kaatenstein, Leah Kaatenstein und Jenny Kaatenstein beim Gedanken an die Abwesenheit ihrer Mutter bereits frohlockten, vergaßen sie dabei jedoch, die gefahrvolle Nähe der in der Küche bügelnden Emma zu bedenken und zu fürchten – denn die Küche lag neben dem Speisezimmer.

Während sie noch ganz beschäftigt waren und, ohne auf etwas anderes zu achten, um ihr Leben schüttelten und klopften, ging mit unheilvoller Lautlosigkeit plötzlich die Küchentür auf und Emmas Kopf erschien. Es war ein ohnehin unansehnlicher Kopf, in diesem Moment aber war es zudem ein gefährlich aussehender Kopf.

Harry Kaatenstein, Leah Kaatenstein und Jenny Kaatenstein bemerkten diese Erscheinung sofort, und entsetzliche Grabesstille folgte auf den Radau von eben.

›Das also habt ihr vor, ihr kleinen Rotzlöffel!‹, sagte Emma, stürmte auf sie zu und stürzte sich auf sie, bevor sie die Flucht ergreifen konnten, zumal sie es mit beachtlichem Tempo schon bis zur Tür geschafft hatten. Emma hielt sie mit einer Hand fest, während sie mit der anderen die Eisenspardosen aufhob. Ohne länger an sich zu halten, verwies sie auf den Zustand des gebohnerten Speisezimmerfußbodens, auf die boshaften Eigenarten einiger Kinder, die sie namentlich erwähnte, darauf, was mit ihnen passieren würde, sobald ihre Mutter nach Hause komme, und darauf, was jetzt sofort mit ihnen passieren würde.

Und sie führte sie nach oben ins Schlafzimmer ihrer Mutter, wo sie sie kräftig schüttelte, bevor sie sie darin einsperrte, den Schlüssel einsteckte und wieder hinunterging.

In der Zwischenzeit hatte sein abenteuerlicher Besorgungsgang den kleinen Willy Kaatenstein bis an die Ecke zu Grove's geführt.

Er betrat den Laden und blieb vor einem funkelnden Glaskasten voller Sachen stehen.

›Und was darf es heute für Master Kaatenstein sein?‹, fragte der Mann hinter dem funkelnden Kasten.

›Ich möchte Weingummidrops und Lakritzstangen und Kekse … und ein paar Wassermelonen‹, sagte der kleine Willy Kaatenstein und legte die schimmernde Goldmünze unter den erstaunten Blicken des Lebensmittelhändlers hin, denn der Lebensmittelhändler ging davon aus, das halbwegs übliche Kaatenstein-Fünf-Cent-Stück käme zum Vorschein – nicht mehr und nicht weniger.

›Ist das deine, Master Kaatenstein?‹, fragte der Lebensmittelhändler und beäugte die Münze argwöhnisch.

›Klar ist das meine‹, sagte der kleine Willy Kaatenstein ungeduldig. ›Und ich möchte die Sachen jetzt gleich.‹

›Na gut, ich denke, das geht in Ordnung, mein Junge‹, sagte der Lebensmittelhändler. ›Falls nicht, wird *einer* von uns dafür büßen müssen, schätze ich. Schön … Was, sagtest du, möchtest du?‹

Der kleine Willy Kaatenstein wiederholte seine Bestellung und fügte andere Posten hinzu.

›Schön, Master Kaatenstein‹, sagte der Lebensmittelhändler, ›nie und nimmer wirst du das alles tragen können. Da kommt ein ganzer Haufen zusammen. Lauf besser zurück und hol dein kleines Wägelchen‹ – denn weil er schon oft auf Mrs. Kaatensteins Bestellung hin ein Paket Zucker, einen Beutel Salz oder drei Dosen von irgendetwas dort hineingestellt hatte, kannte er das Kaatenstein-Wägelchen – das die Kinder dann nach Hause zogen.

Also lief der kleine Willy Kaatenstein zurück und holte aus dem Vorgarten das kleine Wägelchen, in das der Mann dann die Sachen lud. ›Wird für einen Picknickausflug sein‹, meinte er.

Tatsächlich kam da ein ganzer Haufen zusammen. Es lagen so viele lange Lakritzstangen in dem Wägelchen, dass sich die vier Kaatenstein-Kinder viele Tage lang damit würden überfuttern können, und der Name der Weingummidrops war Legion. Und da waren zwei Wassermelonen und genug Kekse, um sogar Jenny Kaatensteins riesigen Heißhunger zu stillen. Da waren auch Nüsse, ein paar mager aussehende Törtchen und jede Menge Hunde, Katzen und Elefanten aus einer sehr zähen Art Zucker, die alle Kaatenstein-Kinder absolut wunderbar fanden. Außerdem waren da Feigen in Schachteln, Schokoladendrops und rote und weiße Zuckerstangen mit Pfefferminzgeschmack, der einem das Wasser im Mund zusammenlaufen ließ. Und alle diese Sachen gab es in verblüffender Menge, und sie bildeten eine so schwere Ladung, dass der kleine Willy Kaatenstein alle Hände voll damit zu tun hatte, sie die Straße hinaufgezogen zu bekommen. Doch weil der kleine Willy Kaatenstein kräftige Ärmchen hatte, schafften es er und das Wägelchen langsam, aber sicher zurück bis zum Haus der Kaatensteins. Der Lebensmittelhändler stand draußen vor seinem Laden und blickte dem Jungen, dem Wägelchen des Jungen und dem Inhalt des Wägelchens mit verwundertem, irgendwie zweifelndem Lächeln nach.

Der kleine Willy Kaatenstein setzte seinen Weg mit dem Wägelchen fort bis zu seinem Vorgarten und bog dann um die Ecke zu der Seite des Hauses, zu der die Küchentür nicht hinausging. Vorsichtig zog er das Wägelchen weiter bis zum Ende des Hinterhofs und öffnete das Gatter des Lattengeheges, in dem Mrs. Kaatenstein ihre Enten und Gänse hielt. Dort hinein und weiter hinter das Entenhaus zog er das Wägelchen und ließ es da stehen.

Dann schloss der kleine Willy Kaatenstein das Lattengatter und lief los, um Harry Kaatenstein, Leah Kaatenstein und

Jenny Kaatenstein zu finden und sie zu dem Festmahl einzuladen.

Aber sie waren nirgends zu finden. Er suchte überall im Haus und draußen im Freien, fand aber kein Zeichen von ihnen und entschied sich aus welchen Gründen auch immer, Emma lieber nicht nach ihrem Verbleib zu fragen.

Nachdem er so, wie ihm schien, aufs beste nach seinen Anverwandten Ausschau gehalten hatte, konnte der kleine Willy Kaatenstein nur auf die Straßen und Gassen der Stadt hinausgehen und die Krüppel und Blinden und Lahmen hereinführen. Mit diesem Ansinnen schlüpfte er durch den Zaun und lief die Zufahrt zum Haus direkt neben ihrem hinauf, um nach Bill und Katy Kelly zu suchen, zwei irischen Spielkameraden der Kaatenstein-Kinder – mit denen zu spielen ihnen nicht erlaubt war. Bill und Katy Kelly waren allerdings weder lahm noch Krüppel noch blind, sondern waren in jeder Hinsicht kerngesund und äußerst empfänglich für die Einladung des kleinen Willy Kaatenstein, an dem Festmahl teilzunehmen. Bill und Katy Kelly liebten es, Feste zu feiern – so sich ihnen die Gelegenheit dazu bot.

Gemeinsam mit dem kleinen Willy Kaatenstein – er mit seinen Locken und in seinem weißen Anzug und sie beide in ihren schmuddeligen Sachen – setzten sie also durch den Zaun und dem Festmahl entgegen. Sie erreichten den Entenhof, ohne von Emma, der Erzfeindin, gesehen zu werden, und fanden das kleine Wägelchen in Sicherheit, während die Enten und Gänse mit vor Neugier gereckten Hälsen seinen Inhalt und es selbst beäugten.

Diese Neugier seitens des Federviehs dürfte sich jedoch in Erstaunen verwandelt haben, als sie mitansahen, wie man über das Wägelchen herfiel und welche seltsamen Essweisen folgten.

Wie aßen Bill und Katy Kelly doch, und wie sehr genossen sie es! Und der kleine Willy Kaatenstein watete buchstäblich in Weingummidrops und langen Lakritzstangen. Sie begannen das Festmahl mit Törtchen; von Törtchen gingen sie zu Feigen über; von Feigen wechselten sie zu den zähen Tierchen; und von denen zu Keksen; und von Keksen zu langen Lakritzstangen. Daraufhin hörten sie auf, der Reihe nach zu essen, und begannen, sich wahllos alles und jedes einzuverleiben.

Etliche Minuten lang aßen sie hastig und blindwütig.

Dann aber ließ die anfängliche Begeisterung für das Festmahl nach, und vor allem der kleine Willy Kaatenstein schien nicht nur das Interesse an Festmählern, sondern an der Welt im Allgemeinen zu verlieren. Er sank auf eine Kiste, in der eine Ente auf zwölf Eiern saß, starrte zu Boden und sah aus wie einer, der in nichts mehr einen Sinn sieht.

Bill und Katy Kelly aßen zwar immer noch, anscheinend aber eher aus Pflichtgefühl sich selbst gegenüber als aus Appetit, denn schon kurz darauf aßen sie nur noch halbherzig und begannen, die Überbleibsel des Festmahls den Vögeln hinzuwerfen. Die blickten zuerst misstrauisch auf die absonderliche Nahrung, mit der sie da überschüttet wurden – stürzten sich aber schließlich darauf, als schwelgten nun auch sie in wahren Festessen.

Mrs. Kaatenstein hätte bestimmt ein seltsames Gesicht gemacht, hätte sie ihre liebevoll gehegten Enten und Gänse sehen können, wie die sich ihre Kröpfe mit Lakritzstangen und Weingummidrops vollstopften.

Mrs. Kaatenstein aber war den ganzen Nachmittag nicht da.

Während dieser Geschehnisse in ihrem Entenhof kam es zu kaum weniger interessanten oben in ihrem Schlafzimmer, wo Harry Kaatenstein, Leah Kaatenstein und Jenny Kaatenstein Emmas Gefangene waren.

Zunächst saßen sie bloß auf dem Fensterbrett und erörterten die vielen Widrigkeiten, die sie Emma an den Hals wünschten. Nachdem sie die großzügig untereinander aufgeteilte junge Frau gehenkt, ausgeweidet und gevierteilt hatten, bis sie nicht mehr konnten, fühlten sie sich besser. Daraufhin sahen sie sich auf der Suche nach Zerstreuung im Zimmer ihrer Mutter um, was zur Folge hatte, dass die Schwarznusskommode voller ihnen verbotener Spielzeuge dazu gebracht wurde, ihren Reichtum herauszurücken. Der Fußboden in Mrs. Kaatensteins Schlafzimmer nahm ein kunterbuntes Aussehen an. Vor Aufregung darüber, dass sie tatsächlich ihre riesige Wachspuppe auf dem Schoß hielt, vergaß Jenny Kaatenstein sogar, ihr Stück ungesäuertes Brot zu vermissen. Und der Zirkus und die Dampflok und das Klimperpiano und die Teegeschirre und die bellenden Hunde und die Bilderbücher und die vielfältigen anderen Sachen wurden nun endlich den Verwendungen zugeführt, für die sie vorgesehen gewesen waren. Und sogar an das Schmuckkästchen gingen die Kinder und holten ihre Armbanduhren heraus.

Bei aller vergnüglichen Aufgeregtheit war Harry Kaatenstein, Leah Kaatenstein und Jenny Kaatenstein dennoch höchst mulmig zumute. Sie wussten, dass man sie für alles, was an diesem Tag passiert war, zur Rechenschaft ziehen würde.

Wie die Geschichte ausging, dürfte auf der Hand liegen«, sagte meine Freundin Annabel Lee in verändertem Ton und lachte.

»Bitte erzählen Sie sie trotzdem zu Ende«, sagte ich voller Eifer.

»Also schön«, sagte meine Freundin Annabel Lee.

»Der Nachmittag neigte sich dem Ende zu, und Mrs. Kaatenstein kam nach Hause. Sie hörte ungewohnte Geräusche in ihrem geliebten Entenhof und eilte, so schnell ihre beträchtlichen Proportionen dies zuließen, hinaus.

Was ihre Augen dort erblickten, verschlug ihr den Atem.

Sie sah den kleinen Willy Kaatenstein, der ausgesprochen bleich und aufgebläht wirkte, zusammengesunken auf einer Kiste mit einer Legeente darin sitzen – und die beiden widerwärtigen Kelly-Kinder, die doch tatsächlich gerade dabei waren, ihre kostbarste Gans mit Weingummidrops zu füttern. Überall verstreut in dem sonst so ordentlichen Entenhof lagen fürchterliche Mengen Abfall, und ein halbes Dutzend ihrer noch winzigen Entenküken machte sich an einer schauderhaften Wassermelone zu schaffen. Natürlich hätte niemand anderes als diese irischen Bälger für dermaßen viel Müll sorgen können. Bill und Katy Kelly benötigten nicht lange, um zu folgern, dass sie hier nicht erwünscht waren. Mrs. Kaatenstein machte deren Vorliebe für Festmähler fürs Erste ein Ende. Als sie gingen, wies sie sie an, ihr ekelhaftes Eigentum mitzunehmen, was sie auch bereitwillig taten – so viel sie davon tragen konnten. Sie warfen dem kleinen Willy Kaatenstein einen ängstlich besorgten Blick zu – doch das Gesicht des kleinen Willy Kaatenstein war bloß bleich, aufgebläht und teilnahmslos. Als sie die Kellys vertrieben hatte, führte Mrs. Kaatenstein ihren Sohn ins Haus, hielt in der Küche kurz inne, um Emma zu fragen, weshalb sie solche Vorkommnisse zulasse, und wies sie an, unverzüglich hinauszugehen und den Entenhof auszufegen. Emma fügte sich, gab erst Mrs. Kaatensteins Schlafzimmerschlüssel ab und erläuterte ihr dann, wieso sie ihn eingesteckt hatte.

Nachdem sie den armen kleinen Magen des kleinen Willy Kaatenstein verarztet und ihren Sohn in einem kühlen, abgedunkelten Zimmer ordentlich auf ein Sofa gebettet hatte, ging Mrs. Kaatenstein zu ihrem eigenen Zimmer hinauf, aus dem ebenfalls ungewohnte Geräusche drangen. Als sie aufschloss und die Tür öffnete, erschütterte sie der Anblick, der sich ihr bot, wie nichts anderes in den vergangenen Jahren.

Die kurzzeitige Totenstille, die eintrat, als sie im Türrahmen erschien, wurde noch verstärkt durch das fröhliche Geklingel des lustigen kleinen Zirkus, der, einmal aufgezogen, nicht anhielt, auch nicht angesichts einer dunkel heraufdämmernden Tragödie.

Tja«, sagte meine Freundin Annabel Lee, »was Harry Kaatenstein, Leah Kaatenstein und Jenny Kaatenstein betrifft, um sie kümmerte sich ihre Mutter. Sie machte sie alle drei gründlich zur Schnecke und schickte sie zu Bett.

Was aber den kleinen Willy Kaatenstein angeht ... nicht im Mindesten bleich oder aufgebläht wirkend saß er an jenem Abend nach dem Essen auf Onkel Wills Schoß, trug seine schöne goldene Armbanduhr aus dem Schmuckkästchen und wurde fortwährend aufgefordert, ein Glas Bier zu trinken.

In der Küche erzählte Emma unterdessen Juley, habe sie auch mal große Stücke auf den kleinen Willy Kaatenstein gehalten, so glaube sie jetzt ehrlich gesagt, dass er der Allerschlimmste von den vieren sei.

Diese Geschichte«, sagte meine Freundin Annabel Lee, »war sehr ermüdend. Sie sollten mich nicht bitten, Ihnen Geschichten zu erzählen.«

»Es tut mir leid, wenn sie Sie ermüdet hat«, sagte ich. »Aber die Geschichte war ganz und gar faszinierend. Sie war *exakt* so wie Kaatensteins. Und Sie eine Geschichte von den Kaatensteins erzählen zu hören, das passt herrlich, oh ganz herrlich schlecht zusammen!«

»Waren *Sie* denn je bei einem Festmahl im Entenhof der Kaatensteins dabei?«, fragte meine Freundin Annabel Lee.

»Ja, allerdings«, sagte ich, »gemeinsam mit Bill und Katy Kelly, als ich elf war. Und jedes Spielzeug in der Schwarznusskommode habe ich gesehen.«

»Und wo wären Sie lieber«, fragte meine Freundin Annabel Lee, »bei einem Festmahl mit den Kaatensteins, als Sie elf waren, oder hier bei mir jetzt?«

»Letzten Endes«, sagte ich, »hier bei Ihnen, jetzt, bei weitem.«

»Sehr gütig von Ihnen«, sagte meine Freundin Annabel Lee und blickte mich mit ihren Purpuraugen an.

21 Eine einfühlsame Verbindung

Da sie mir ja Geschichten erzählt habe, bat mich meine Freundin Annabel Lee, etwas Lyrisches zu schreiben und ihr vorzulesen.

Meine Lyrik ist ziemlich miese Lyrik, und das sagte ich ihr auch. Sie erwiderte, dass, wenn sie auch mies sei, das nur wenig zu tun habe mit der Tatsache, dass die meiste Lyrik sowieso mies sei und für gewöhnlich dem Leser umso besser gefalle, je mieser sie sei.

In dieser Stimmung war sie.

Also schrieb ich ein paar Zeilen und las sie ihr vor – was hätte ich sonst machen sollen. Es war nett von ihr, mir Geschichten zu erzählen, auch wenn sie sie wahrscheinlich zu ihrem eigenen Vergnügen erzählt hatte. Als ich vorgelesen hatte, sagte sie, die Verse seien ganz und gar nicht mies. Ihrer Ansicht nach seien sie ziemlich unausgereift.

»So ist sie, die *Lyrik*«, sagte meine Freundin Annabel Lee. »In der Bedeutung ihrer Worte ist sie oft trügerisch. Das Lebendigste, das sie in Ihnen trügerisch erscheinen lässt, ist Ihr Alter. Es zeigt, dass Sie inzwischen jenseits der neunzehn und bei exakt einundzwanzig angekommen sind. Und daher ist dies ein triumphales Stück Lyrik.

Wissen Sie denn nicht«, sagte meine Freundin Annabel Lee, »wie viel Lyrik in die Welt hinausgeschleudert wird, die *nichts*, aber auch *gar nichts* bedeutet? Und wenn dann jemand über etwas noch so Kleines stolpert, das auch nur das Geringste verrät, die Größe der Autorin etwa, oder seine Haarfarbe, dann hat sich das Ganze für ihn schon gelohnt.

Und noch anderes verrät Ihre Lyrik«, sagte meine Freundin Annabel Lee. »Zum Beispiel, dass Sie noch immer daran denken – und darüber waren wir uns bereits einig –, was sich Ihnen eines Tages wundersamerweise eröffnen werde.«

»Sie wissen, dass ich Ihnen da nicht beigepflichtet habe«, sagte ich.

»Na schön, so habe ich dem halt für uns beide beigepflichtet«, sagte meine Freundin Annabel Lee. »Jedenfalls unterläuft Ihre Lyrik dies so offenkundig, dass man schließlich auch selber glaubt, es gebe Menschen, die mit jedem Stück Dunkel, in das sie tauchen, mehr Hoffnung schöpfen. Wäre Ihr Leben ganz Feuer und Sonnenschein, würden Sie völlig andere Lyrik schreiben. Und falls überhaupt von etwas, würde die davon erzählen, dass Sie, während Sie auf mehr und noch mehr Feuer und Sonnenschein hoffen, irgendwie genau wissen, dass Ihnen in Wirklichkeit keineswegs mehr davon zuteilwird, sondern dass das Feuer mit den Jahren mehr und mehr herunterbrennt, bis es schließlich, da Sie zwar eine alte Dame sind, aber keineswegs bereit zu sterben, völlig erlischt.«

»Nach den Regeln der Gerechtigkeit wäre das so«, sagte ich. »Und es würde jede Menge Feuer und Sonnenschein in jungen Jahren erfordern, um wen auch immer zu entschädigen, die eine alte Dame geworden ist und deren Vorräte davon aufgebraucht sind.«

»So wäre es«, sagte meine Freundin Annabel Lee. »Wenn Sie erst alt sind – auch wenn Sie eine sogenannte alte Dame nie sein werden –, werden Sie eher milde sein. Und wahrscheinlich umso milder, je weniger Sie haben werden, um darauf mit Milde zu blicken.«

»Ich möchte so nicht sein«, sagte ich. »Ich finde jemanden, der Jahr für Jahr vor sich hinlebt, erbärmlich.«

»Sie werden nicht erbärmlich sein«, sagte meine Freundin Annabel Lee. »Sie können nicht zugleich milde und erbärmlich sein. Womöglich ist milde zu sein das Beste und das Tröstlichste. Womöglich kämpfen sich Leute durch ein langes Leben mit nur einem Ziel vor Augen – im Alter milde zu sein. Diese Verse klingen tatsächlich so, als würden *Sie* sich darauf freuen.«

»Dass sie so klingen, kann ich überhaupt nicht nachvollziehen«, sagte ich.

»Natürlich können Sie das nicht«, sagte meine Freundin Annabel Lee. »Sie haben die Verse ja geschrieben, und Sie sind nur Sie.«

»Und was geben sie außerdem vor?«, fragte ich nach.

»Sie geben vor«, sagte meine Freundin Annabel Lee, »Sie seien im Detail besser als im Ganzen. Und falls das im Einzelnen auf Sie zutreffe, treffe es bei allem auf Sie zu. Ich wage zu behaupten, dass Ihre Freundinnen so manches an Ihnen ausgesprochen mögen, doch dass sie Sie im Großen und Ganzen als jemanden betrachten, der noch viel dazuzugewinnen hat.«

»Nein, meine *Freundinnen*?«, sagte ich.

»Ja, Ihre *Freundinnen*«, sagte meine Freundin Annabel Lee.

»Bitter, wenn Verse so etwas aufzeigen«, gab ich zurück, »und bitter, sich das vor Augen zu führen.«

»Schon, aber sind Sie nicht klug genug, um das Bittere dem Süßen vorzuziehen?«, fragte meine Freundin Annabel Lee. »Für alles Süße, das Ihnen vorschwebt, müssen Sie einen gewaltig bitteren Preis zahlen. Wohingegen alles Bittere kostbarer Besitz ist. Falls zutrifft, was ich über Ihre Freundinnen sagte, möchten Sie es natürlich wissen.«

»Nein«, sagte ich, »ich möchte es nicht wissen.«

»Zumindest aber«, sagte meine Freundin Annabel Lee, und wundervoll sanft nahm ihre Stimme einen so innigen wie hinreißenden Ton dabei an, »glauben Sie bitte, was ich Ihnen da erzählt habe, dann nämlich teilen Sie und ich diese schöne Gabe – eine einfühlsame Verbindung. Denn hätte ich derartige Freundinnen, ganz sicher würden die mich als jemanden betrachten, der noch viel dazuzugewinnen hat. Nur bitte«, fügte meine Freundin Annabel Lee eilig hinzu, »betrachten Sie die einfühlsame Verbindung nicht als etwas Süßes – bedenken Sie den gewaltig bitteren Preis.«

»Ich will glauben, was Sie da über die Freundinnen sagten«, sagte ich. »Und es ist bitter genug, um meine Seele eine Zeitlang von allem zu läutern. Jedenfalls ist eine einfühlsame Verbindung nichts Süßes. Ich glaube nicht, dass ich dafür werde bezahlen müssen … Zumal sie ein beruhigendes Gefühl mit sich bringt …«

»Wenn eine einfühlsame Verbindung entsteht«, sagte meine Freundin Annabel Lee, »hat man dafür schon im Voraus bezahlt. Sie erfüllt ihren Zweck. Süß ist sie nicht … sie schmeckt eher wie eine Zigarette oder eine Olive.

Zu den Versen vielleicht noch –«, sagte meine Freundin Annabel Lee.

»Lassen Sie uns davon bitte nicht mehr reden«, sagte ich.

»Wie Sie möchten«, sagte meine Freundin Annabel Lee.

Und so redeten wir über George Sand und deren Bücher.

Mein Stück unreife Lyrik war jedenfalls dies hier:

Gestern ging mein Stern im tiefen Dunkel unter.
Er verging leicht
Wie das Kräuseln des Wassers;
Und mit ihm verging vieles mir liebe, winzig Kleine, und ich sah allem zu:
Ich wusste, mein Stern würde nie wieder aufgehen.

Gestern ging mein Stern im tiefen Dunkel unter.
Er verging sanft
Wie am Abend das Halblicht;
Und als er so verging, folgten ihm hoffnungslos meine fiebrigen Gedanken:
Ich wusste, mein Stern würde nie wieder aufgehen.

Gestern ging mein Stern im tiefen Dunkel unter.
Er verging zärtlich

Wie der Mensch, der mich liebt;
Doch seit er fort ist, bleibt der Weg finster – ermüdet
meine Augen das Zusehen:
Ich weiß, mein Stern wird nie wieder aufgehen.

22 Die Botschaft einer zarten Seele

»Die Botschaft einer zarten Seele ist etwas, das es noch weit, ja sehr weit tragen wird«, sagte meine Freundin Annabel Lee, »und nichts von sich wird sie dabei verlieren.

Sind alle Dinge auf der Welt erst gezählt, dann sind die allermeisten darunter schöne Dinge. Und sind alle Dinge auf der Welt erst gezählt, dann zählt die Botschaft einer zarten Seele weit mehr als vieles andere.

Eine zarte Seele bekommt für ihre Botschaft keine Dankbarkeit, sie erwartet keine Dankbarkeit und weiß auch gar nicht, was Dankbarkeit bedeutet. Und ist die Zartheit der Botschaft auch ganz zuschanden gemacht und ganz unbekannt, so fühlt man sie nach langen, langen Jahren doch noch.

Die Botschaft einer zarten Seele eilt über das Meer in die Einsamkeit der Nacht und kann von nichts aufgehalten werden, da jeder sie kennt und ihr eine gute Reise wünscht. Und sie eilt hinab und um einen Berg zu einem Haus, in dem Kummer herrscht, und hatte sich dies Haus vor ihrer Ankunft abgekehrt von Nachsicht, Liebe, Freundschaft, Wohlwollen und Frieden und alles mit einem Fluch belegt, so öffnet es seine Türen dennoch weit für die Botschaft einer zarten Seele. Denn ihre Ankunft erfolgt unangekündigt, und noch nicht einmal die Seele, die sie schickt, kennt ihre Zartheit, so dass sich alle in jenem Haus, in dem der Kummer herrscht, zutiefst getröstet fühlen, ohne es zu merken. Und sie eilt mitten in die Ödnis eines Landstrichs, wo nirgendwo mehr etwas Grünes wächst, und schon wäre die Ödnis paradiesischer als das Paradies, gäbe es nicht auch dort eine solche Botschaft. Und sie eilt dorthin, wo zu Tausenden liebliche Blumen wachsen, wo sich sprudelndes Wasser mischt mit sprudelndem Wasser und den Durst löscht, wo das lange graue Moos von Birken herabhängt, wo blässliche

Wolken dahinziehen – und ist selbst doch schöner als all dies. Haben Sie sie gespürt, all diese zarten Dinge, die niedersinken in die Tiefen? Sie spenden Trost, doch ebenso sorgen sie für Tränen in den Augen und im Herzen für Schmerz. Die Botschaft einer zarten Seele – was würde sie dem Herzen spenden, wenn nicht unbeschreiblichen Trost? Spüren Sie nicht, dass sie eine Botschaft ist, spüren Sie ebenso wenig die göttliche Schönheit darin. Da gibt es keine plötzlichen Tränen. Es gibt nur die Botschaft – sie tut bloß das, wozu man sie aussandte. Sind Sie aus dem Haus gegangen, haben nach Kräften alle Arbeit erledigt, haben sie gewissenhaft erledigt und keine Gegenleistung erwartet – und sind Sie heimgekommen und haben aufgeschrien vor Verbitterung? Womöglich passierten wundersam schöne Dinge genau gegenüber, um Ihnen zu sagen: ›Nur Mut!‹ Doch für Sie gab es kein ›Nur Mut‹. Womöglich kam da aus der Richtung, in die Sie nicht geblickt haben, die Botschaft einer zarten Seele. Mit einem Mal war da Trost, und zwar ohne Tränen des Schmerzes und ohne bittere, bittere Freudentränen. Da war ein so tiefer Trost, dass Sie aus dem Haus gehen und wieder arbeiten konnten, und das ohne Gegenleistung. Es gibt Arbeit, die ohne Gegenleistung bleibt. Für die, die ohne Gegenleistung arbeiten, kann es in all der Unermesslichkeit keinen anderen Trost geben als die Botschaft einer zarten Seele. Sind Sie aus dem Haus gegangen, haben nach Kräften grausam alles Üble angerichtet und gewissenlos jemandem den Glauben an jemanden genommen – und sind heimgekommen und haben ärger als jeder von ihnen gelitten? Womöglich ereilte Sie da die Botschaft einer zarten Seele – und schwand vieles, vieles andere aus Ihrem Herzen. Und immer noch waren da keine Tränen. Und gibt es zu viel für Sie im Leben, überfordern Sie die Dinge nah und fern auf der Welt und erfüllen Sie mit furchtbarer Angst, so treten sie der Reihe nach in den Hintergrund, sobald die Botschaft einer zarten Seele kommt und Ihr Herz für lange, lange Jahre Trost findet.

Es gab welche, deren Glück war zwar größer als die Welt, schenkte ihnen am Ende aber keinen Trost, denn was ihr Glück mit sich brachte, waren Tränen der Freude und zahlloser anderer Empfindungen.

Wenn Glück das war, was Sie wollten und wonach Sie hungerten und dürsteten, gaben Sie sich zufrieden mit einem grünen Pinienzweig, nachdem die Botschaft einer zarten Seele gekommen war.

Haben Sie tausend zarte Dinge empfunden und aus tausend Tassen getrunken und sich dann doch darangemacht, schwarz auf weiß niederzuschreiben, Sie hätten alles, *alles verpasst* – kam dann die Botschaft einer zarten Seele, so schrieben Sie stattdessen, Sie hätten nichts verpasst, seien auf dem Absatz umgekehrt und würden alles noch mal von vorn beginnen.

Sollte für Sie und mich über vereiste Hügel und grüne Wiesen aus einem fernen Land noch heute die Botschaft einer zarten Seele kommen, würden wir dann im Dunkeln zittern, uns fürchten vor kommenden Jahren, abwägen, was Erschöpfung und was Erholung verhieße, und alles ermessen und eingehend betrachten? Bestimmt nicht. Denn die Botschaft einer zarten Seele ist die Botschaft von einer, die für sich die Ruhe gefunden hat, in absolutem Frieden mit sich ist und so fern zu den Sternen und so lang und weit über die grüne Erde reiste, dass sie wahrhaftig die Wahrheit erreicht hat und ihre Seele ihre Zartheit weitergibt, ohne nachzudenken oder davon zu wissen, ja in völligem Dunkel.

Und spürten wir die Botschaft erst, ganz ohne es zu wissen, so würde nach langer Zeit jener Glaube wiederkehren, jene Lebensfülle und jener Wirklichkeitssinn, und das Leuchten der Sonne eine neue Bedeutung annehmen.

Es kann sein«, sagte meine Freundin Annabel Lee, »dass wir noch weiter in die Wildnis vorstoßen müssen, bevor die Botschaft kommt, und ebenso gut kann es sein, dass sie noch viele Jahre auf sich warten lässt.

Zu wissen, dass es derlei gibt, ist jedoch in jeder Hinsicht tröstlich.«

Mehr als die Botschaft, die da womöglich käme, gaben mir allerdings die nicht harte, nur sanfte Stimme und das liliengleiche Gesicht meiner Freundin Annabel Lee zu denken.

23 Ich an meine Freundin Annabel Lee

Vorgestern schrieb ich meiner Freundin Annabel Lee diesen Brief:

Montreal, den …

Werte holde Dame!

Seit ich für einige Zeit nach Montreal gekommen bin und Sie weiterhin in Boston sind, habe ich Sie manchmal sogar noch lebendiger vor Augen. In tiefster Nacht erscheinen Sie mir in meinen Träumen.

Können Sie sich vorstellen, was Sie in meinen Träumen sind?

Ungeduldig sehne ich das Ende meines Aufenthaltes hier herbei, um Sie schnellstmöglich wiederzusehen … doch lässt meine Ungeduld irgendwie nach, wenn ich mir vorstelle, dieses Traumbild könnte verschwinden, sobald ich bei Ihnen bin.

Ich werde Ihnen von ein paar Dingen schreiben, die ich hier entdeckt habe.

Es gibt vieles in Montreal, das mich zurückbringt in die trüben Nebel – die wundervolle Zeit, als ich erst drei Jahre lang gelebt hatte. Das war nicht hier, sondern weiter westlich – allerdings ist kanadisch, was in Kanada ist, und ändert oder wandelt sich nicht. Dieses kanadische Land, sein Wasser und seine Luft lassen Schattenhaftes, Traumbilder und Stimmen aus der Welt, wie sie war, als ich drei war, in meinem Gedächtnis wach werden.

Alles, worüber man hier den Blick schweifen lässt, ist ausgesprochen schön. Die Felder sind grün, doch nicht wie in Massachusetts, sondern vielleicht wie in Südfrankreich. Es gibt einen wunderschönen, breiten, blauen Fluss, den man von fern sehen kann und von dem ein Dunst aufsteigt, in dem dann alles graues französisches Land mit grauen französischen Dörfern ist. Kommt man näher, sieht man die französischen Bauern auf den Feldern arbeiten – alte Männer, Mädchen und sehr alte, seltsam aussehende Frauen, die alle kein Wort Englisch sprechen und in deren Leben nichts Englisches vorkommt, solange es sich vermeiden lässt. Sie tragen Messingringe an den Fingern und in den Ohren, die Frauen tragen kunterbunte Fischweiberunterröcke, und alle Gesichter und Augen zeigen den Ausdruck derer, die immerfort zwischen dem Gemüse in der Sonne arbeiten, den Ausdruck eines erbarmungswürdigen, nutzlosen Gehirns.

Und es gibt den seltsamen, langgestreckten, von Bäumen bedeckten Hügel, der Mount Royal genannt wird. Ich habe ein Bild davon aus einem vergangenen Jahrhundert im Kopf, als hoch oben auf seinem Gipfel ein verwegener, kühner Franzose und ein paar Indianer aus der Wildnis standen – er mit der entrollten französischen Flagge im Wind, während die Indianer ihre Augen beschirmten und weit ins Tal hinunterblickten. Und da war kein Zeichen von menschlichem Leben in dem Tal, nichts als Wildwuchs, wirres Gestrüpp und totenähnliche Stille, außer vielleicht weit entfernt im Wald dem Geräusch von Hufgetrappel. Inzwischen aber hat vieles unter den Bäumen auf diesem Hügel seine Bleibe – Klöster umgaben sich mit hohen, dicken, steinernen Mauern, in deren Innerem dichtverhüllte Nonnen leben, die sich von allem außerhalb verabschiedet haben. Und Hospitäler stehen dort, gestiftet und begründet im Namen der Jungfrau, Jesuitenschulen und Unterkünfte von Priestern und Bruderschaften.

Und mitten im Sankt-Lorenz-Tal, auf das die Indianer einst hinunterblickten, liegt diese alte steingraue Stadt, auf deren Place d'armes eine schöne Triumphstatue von Maisonneuve mit seiner französischen Flagge steht.

Die steingraue Stadt ist gepflastert mit steingrauen Kathedralen, von denen einige sehr schön und einige im Inneren so vielfarbig sind wie Regenbögen, alle aber sind römisch-katholisch und französisch.

Die protestantischen Kirchen sind bloß Kirchen.

Und die Kathedrale von Notre-Dame, fällt erst die Röte der untergehenden Sonne auf ihre mächtigen, hohen grauen Zwillingstürme, ist sogar noch mehr als nur französisch und römisch-katholisch. Die kreidebleichen Frauen im Nonnenkloster daneben dürften ein Abbild der ewigen Türme eingeritzt auf ihren engen frommen Herzen tragen. Das Innere von Notre-Dame ist aufs prachtvollste mit leuchtend bunt bemalten Heiligen und Jungfrauen verziert und zeigt eine Leidenschaft für Reichtum und Romanik.

Und ist die Vorstellung nicht wundervoll, dass viele dieser grauen Steinbauten und Behausungen schon im 16. Jahrhundert hier standen und dass in denselben grünen Gärten auch vor zweihundert Jahren graue Nonnen umhergingen? Und alles umgab dasselbe Land und dasselbe blaue Wasser.

Und wenn alles vorüber ist, werden Land und blaues Wasser stets hier gewesen sein und sind noch immer das Allerwundervollste. Wären die grauen Steinbauten stattdessen aus Gelbgold, aus Diamanten und Brillanten, wäre das grüne Land weder schöner noch weniger hinreißend schön, die Bläue des Wassers ginge weder tiefer noch weniger tief zu Herzen, und hoch droben zögen die blassen Wolken sanftmütig mit demselben Geheimnis aus alter Zeit dahin. Und die Jahrhunderte, die sie kennen, sind zahllos.

Die natürlichen Gegebenheiten sind in Massachusetts dieselben – hier aber scheinen sie irgendwie noch älter zu sein. In der Wildheit des Grüns spürt man den Atem des sehr lange Vergangenen – als wären es nur Menschen gewesen, die hier lebten und starben, während sich nicht der kleinste Zweig oder Grashalm je veränderte. Alles scheint einzig zu warten, und seine Geduld dabei ist endlos.

Auf der anderen Seite des von Bäumen bedeckten Hügels habe ich in einiger Entfernung eine flache, sanft geschwungene Landstraße gesehen, auf die die Sonne fiel und wo ein paar Spatzen aufflatterten und hinflogen, wenn sie nicht nach Körnern pickten. Und das Gras am Straßenrand wuchs hoch und üppig und berauschte die Sinne, und die Straße führte zu Farmen und zum Fluss und in den Wald. Kühe weideten an einem seichten Bach, und unweit wuchsen dichte, dunkle Sumachbüsche.

Während mein Blick auf alldem ruhte, war ich für Minuten mit allem im Leben vollauf zufrieden.

Da ich Ihnen davon erzähle, Annabel Lee, bin ich mir nicht ganz sicher, dass Sie überhaupt zuhören – während ich selbst doch viel mehr *Sie* vor mir sehe als alles, wovon ich gesprochen habe. Ich frage mich, wie es möglich ist, dass Sie lediglich vierzehn Jahre alt sein sollen – und seien es vierzehn Jahre im Leben einer Japanerin. Und vor mir sehe ich wieder – Ihre roten Lippen, Ihr tiefschwarzes Haar, Ihre Purpuraugen, Ihre wundervollen Hände, Ihre Stirn mit dem spitzen Haaransatz, Ihre beiden sich aufrollenden Schläfenlocken und wie schlank Sie sind in dem karmesinroten und golden bestickten Kleid.

Und vor allem sehe ich Ihre Augen vor mir, sind sie voller sachter, purpurner Schatten, und Ihre Lippen, wenn sie ganz zärtlich sind – und Ihr Herz, so wie ich es kenne, und seine Abgründe, in denen die weiße Reinheit herrscht.

Letzte Nacht erschienen Sie mir mit Ihren weit aufgerissenen Purpuraugen im Traum und blickten auf mich herab mit weißen, reglosen Lidern. Und mich entsetzte bei ihrem Anblick die Weltverdrossenheit darin – wie fürchterlich sie doch ist, wie sie einem doch folgt ins Dunkel und ins Licht, wie sie doch Kummer, Zorn und Verrücktheit ist, wie doch das Herz unter ihr leidet, bis alle Lebenskraft mitleidet – und das endlos; wie sie einem doch Leben und Tod verleidet, und das ohne Entrinnen! – eine Welt aus Tränen, aus flehentlichen Bitten und Schwüren … aber nein, es gibt kein Entrinnen.

Und wieder sah ich hinauf in Ihre Purpuraugen, die triumphal, voller herbem, erhabenem Spott auf mich herabblickten. »Glauben Sie etwa, wir hätten das Leben nicht niedergerungen?«, fragten sie. »Glauben Sie etwa, wir könnten nicht die ganzen kleinen Dämonen ausmerzen, die vorhaben, uns zu quälen? Glauben Sie etwa, wir könnten nicht *alles* niederringen? Wen gibt es, den wir nicht kennengelernt haben? Welchen Ort, an dem wir nicht waren? Gibt es irgendwelche lautlosen, noch so lautlosen Schatten, vor denen wir zurückschreckten? Gibt es irgendwelche glänzenden Lichter am Himmel, denen wir nicht tapfer entgegenblickten und die wir nicht abtaten? Und die Steine und die Sterne und die Dunstschwaden über der See sind geringer – geringer als wir –, *wir* sind das Allergrößte.«

So sprachen Ihre Augen, während ich schlief, und als ich aufwachte, sah ich Sie wieder vor mir, wie Sie schon so oft ausgesehen haben – mit dem Ausdruck Ihrer roten Lippen, Ihrer unbestimmt bitteren Stimme und Ihres unergründlich liliengleichen Gesichts.

Oft noch werde ich Sie so sehen, meine Freundin Annabel Lee.

Was nichts daran ändert, dass ich in Montreal und Kanada bin. Und während die Tage ins Land gehen, werde ich daran erinnert, dass ich ja über die alten kanadischen Instinkte verfüge. Das Wort »kanadisch« hat in mir schon immer einen Wirrwarr an Erinnerungen hervorgerufen, etwa … Porridge zum Nachmittagstee oder Sir Hugh MacDonald oder den Dominion Day oder meine Tante Elizabeth MacLane oder altmodische Bilder von Ihrer Majestät der Königin oder den Orangemen's Day, oder ›gute Nacht‹ statt ›guten Abend‹ zu sagen, oder ›Garnrolle‹ statt ›Fadenspule‹, oder ›Büchse‹ statt

›Dose‹, oder kanadischen Käse oder *Hemmbeeren* in einem Eimerchen mit Sieb oder das *Queen's Own Regiment* in Toronto oder Soldaten in roten Joppen oder Kinder in Schottenröcken oder Marmeladentörtchen oder Malzbonbons oder Renken aus dem Lake Winnipeg oder die C. P. R. oder das Parlament zu Ottawa oder Fahrten mit dem Rodelschlitten oder Lord Aberdeen oder all-die-aus-England-rübergekommene-so-viel-bessere-und-billigere-als-amerikanische-Ware – und noch vieles mehr. Und immer schon verbinde ich eine Farbe mit Kanada: eine Mischung aus tiefem Grün und goldenem Braun.

Sogar Montreal, das so viel Französisches an sich hat, ist ohne Frage kanadisch geprägt. Noch immer sieht man dort zwar Zeichen Ihrer Majestät der Königin – Ladenbesitzer aber beteuern zuversichtlich, Edward werde »einen guten König abgeben«, und kanadische Männer ähneln seinem Vorbild nach Kräften, stämmig und mit diesem kurzen Spitzbart.

Im dichten Grün des Dominion Square steht die herrlichste Skulptur, die ich kenne. Alle in Montreal herumstehenden Statuen sind schöner als die meisten ihrer Art, und nirgends sieht man so scheußliche Machwerke, wie sie in Boston und New York aufgestellt werden. Die Statue auf dem Dominion Square ist eine Bronzefigur und stellt einen gewissen Sir John A. MacDonald dar. Das Gesicht der Figur ist durch und durch gleichmütig und freundlich, wohingegen die Linien von Körper und Händen mit Kraft und Schönheit gestaltet sind. Ob sie Sir John A. MacDonald ähnelt, weiß man nicht – es genügt, dass sie ein exquisites Stück Kunstfertigkeit darstellt, um damit eine Stadt zu schmücken. Und Maisonneuves ist eine stattlich schöne Statue und wirkt ganz und gar lebendig. Die Bronzefigur ist gar nicht aus Bronze, sondern hat das rote Blut des 17. Jahrhunderts in ihren Adern, und der in die Höhe gereckte Arm und die Hand mit der Flagge stehen für Eroberung und Sieg.

Ehe ich Sie wiedersehe, werde ich mir Quebec und ein Stück des blauen Flusses ansehen, und wie in Montreal wird sich in beides eine kunterbunte Vorfreude darauf mischen, bald schon wieder bei Ihnen zu sein.

Hoch oben auf dem Turm eines grauen Steinbaus, den ich von meinem Fenster aus sehe, sitzt ein gemeißeltes Gorgonenhaupt, mit schlangenartigen Locken ein Ebenbild der Medusa. Da ich so hier sitze, befindet sich der Kopf Hunderte Fuß über mir, und doch erkenne ich deutlich den Ausdruck seines Gesichts – es ist trostlos und entmutigend. Es sagt: ›Sie glauben, Sie werden diese schöne Lilie Annabel Lee wiedersehen? Himmel, wie töricht sind doch eure Tage und eure Generation! Zu meiner Zeit habe ich viele schöne Lilien vergehen sehen. Sie vergehen alle. –‹

Sagen Sie mir, Annabel Lee – vergehen sie alle? Doch nein … ich werde Sie wiederfinden. Abertausende goldene Tage lang werden Sie alles kunterbunt erscheinen lassen. Sind wir etwa nicht gute Freundinnen, wo wir gehen und stehen? Gehen wir unseren Weg etwa nicht gemeinsam?

Dennoch geht mir die Frage nicht aus dem Sinn, welches Wissen die Gorgone so mit Angst erfüllt.

Seien Sie sich allzeit meiner Liebe sicher.

MARY MACLANE.

24 Meine Freundin Annabel Lee an mich

Und ein paar Tage später schrieb mir meine Freundin Annabel Lee dies auf ein quadratisches Stück Reispapier:

Boston, – Montag.

Liebe Mary MacLane!

Wissen Sie denn nicht, dass nichts im ganzen Land so allwissend ist wie eine Gorgone?

Glauben Sie ruhig, was Ihre Freundin Ihnen da von schönen Lilien sagte.

Aber habe ich denn je behauptet, eine schöne Lilie zu sein?

Was meine Augen angeht … vor allem kann man mit ihnen gut sehen. Aber für vieles andere sind sie schlecht.

Ja – mach dich auf und komm bald heim, Kind.

Ich vermisse Sie, wenn ich mir morgens meinen lavendellila Unterrock und mein karmesinrotes Kleid anziehe. Und seit Sie weg sind, wurden die goldenen Margeriten nicht abgestaubt.

Niemand leistet mir Gesellschaft außer Ellen, das getreulich nachgebildete, kleine hellbraune Reh – das sich aber nicht um mich kümmern und mir nicht huldigen kann.

Was machtet Ihr mit Martha Goneril, der Katz?

Hätten Sie sie doch nur hiergelassen.

Aber Mary MacLane – *Sie.* Wissen Sie davon?

IHRE FREUNDIN ANNABEL LEE.

25 Das goldene Kräuseln

Meine Freundin Annabel Lee und ich ähneln einander in nur sehr, sehr wenigem. Tagtäglich betrachten wir zusammen eine große, leere, aus tristen blauen Steinen errichtete Mauer. Sie steht vor uns, und wir können nicht darüber gelangen, weil sie zu hoch ist; genauso wenig können wir um sie herumgehen, weil sie zu lang ist; und wir können nicht durch sie hindurchgehen, weil sie fest und sehr dick ist. So versperrt sie die Straße. Beide sind wir nur ein kurzes Stück auf der Straße hierhergegangen – ein so kurzes, dass wir die zurückgelegte Strecke leicht überblicken, wenn wir uns umdrehen. Zwar liefen wir von dort nicht gemeinsam los, haben einander aber hier vor der großen, leeren Mauer aus blauen Steinen getroffen.

Wir sind hier stehen geblieben, weil wir nicht weitergehen können.

Ich wundere mich und stelle viele Vermutungen über die Mauer an, während meine Freundin Annabel Lee sie mal interessiert und mal interesselos mustert.

Und manchmal vergessen wir die Mauer ganz einfach, sitzen bloß da und ruhen uns aus in dem Schatten, den sie wirft, oder gehen zurück auf der Straße oder auf dem Gras links und rechts oder pflücken ein paar wilde, süße Beeren von den verkümmerten Gestrüppen am Straßenrand.

Und wenn ein Gewitter aufzieht und Wind und Regen uns um die Ohren pfeifen, kauern wir uns am Fuß der Mauer eng aneinander und werden nicht so nass, wie wir es geworden wären, gäbe es keine Mauer.

Das aber ist nur so, wenn der Wind von der anderen Seite kommt.

Weht uns der Wind seine Regenflut entgegen, während wir an der Mauer kauern, drücken wir uns erledigt, nass bis auf die Haut und durchgerüttelt dicht gegen diese kalte blaue

Oberfläche. Und die schroffen Kanten der Steine zerschrammen uns die Stirnen.

Es gibt Tage, an denen haben wir den Anblick der großen leeren Mauer einfach nur satt – und dass wir ihren Anblick schon so viele Tage und Tage erduldet haben.

»Sie ist so hoch und so dick«, sage ich.

»Sie ist so lang«, sagt meine Freundin Annabel Lee.

Allem Anschein nach sind wir auf der Straße so weit vorangekommen, wie es uns möglich ist. Über die Mauer aus blauen Steinen können wir nicht gelangen – noch können wir um sie herumgehen – noch können wir durch sie hindurchgehen. Nichts weist darauf hin, dass sie je abgetragen werden wird.

So endlose Vermutungen lassen sich darüber anstellen, was auf der anderen Mauerseite ist, dass wir nicht mehr wagen, Vermutungen anzustellen.

Aber oftmals und erbost haben wir über die Mauer selbst geredet.

»Vielleicht ist es so«, sage ich, »dass uns die Mauer hier vor die Nase gesetzt wurde, um uns unsere Begrenzungen zu verbergen.«

»Vielleicht ist es so«, sagt meine Freundin Annabel Lee, »dass unsere Begrenzungen diese Mauer sind.«

Was, wenn dem so ist, wirklich schändlich ist.

Denn obwohl Menschen einiges Göttliche vollbracht haben, haben sie ihre Begrenzungen doch nie überwunden.

Das Blau der Steine in der Mauer ist kein dunkles, sondern ein sehr kaltes Blau. Es ist die Farbe, die man Bergblau nennt.

Sie ändert sich nie.

Sonne und Schatten gleichen einander darauf; und die Regennässe hellt sie nicht auf; ebenso wenig trüben sie dichte Staubwolken.

Sie ist bergblau.

Mit einer Ausnahme:

Alle paar Tage einmal erscheint bei gutem wie bei schlechtem Wetter auf der weiten Leere eine golden anmutende Kräuselung.

Sie hält sich für eine Sekunde, löst sich auf – und erscheint erneut. Und dann bleibt sie verschwunden bis zum nächsten Mal.

Wie zart, wie entzückend, wie leuchtend hell ist das goldene Kräuseln vor dem kalten, so kalten Blau!

Es kommt und geht binnen einer Minute.

Wir wissen nicht, wann es kommt, noch wann es geht.

Doch während wir es sehen, pochen unsere Herzen heftig und schnell.

»Vielleicht«, sage ich, nachdem es verschwunden ist, »wird uns dieses goldene Kräuseln einen Weg zeigen, wie wir jenseits der Mauer dorthin gelangen können, wo die Dinge göttlich sind.«

»Vielleicht«, sagt meine Freundin Annabel Lee, »wird uns das goldene Kräuseln etwas Göttliches unter den wenigen Dingen auf dieser Seite der Mauer zeigen.«

Meine Freundin Annabel Lee – mit Ihrem starken, tapferen kleinen Herzen und Ihren zwei starken kleinen Händen waren Sie in der bitteren Zeit meiner Verdrossenheit bei mir. Sie waren tapfer genug für zwei. In den Jahren, die nun anbrechen, wird alles Schweigen enden und über vereiste Hügel hinweg eine Botschaft von mir kommen, die nur Ihnen gilt.

ENDE

Anhang

Zu dieser Ausgabe

Grundlage der Übersetzung ist die Erstausgabe:

> Mary MacLane: My Friend Annabel Lee. Chicago: Herbert S. Stone & Company, 1903.

Die Übersetzung sämtlicher von Mary MacLane im Originaltext verwendeten Zitate, Verweise und Anspielungen stammt von Mirko Bonné.

Anmerkungen

9,11 f. *Gedicht über Annabel Lee: Annabel Lee*, eines der letzten Gedichte des US-amerikanischen Dichters und Erzählers Edgar Allan Poe (1809–1849), erschien erstmals 1849 in der *New York Daily Tribune* im Rahmen eines Nachrufs. Das Gedicht ist eines der bedeutendsten der englischsprachigen Literatur des 19. Jahrhunderts. Es existieren mehrere Varianten. In Gänze übersetzt findet es sich in Kap. 16.

9,31 f. *im schmachvollen Staubkerker:* Eine versteckte Anspielung auf einen Vers aus *Epistle from Esopus to Maria* (1794) des schottischen Dichters Robert Burns (1759–1796): »In durance vile here must I wake and weep.«

9,32 f. *Boylston Street:* Die geschäftige und vielfrequentierte Durchgangsstraße verbindet die Bostoner Stadtviertel Fenway-Kenmore und Back Bay. Zu Beginn des 20. Jahrhunderts betrieben zahlreiche Einwanderer Läden an der Boylston Street.

10,14 f. *obwohl ein Preis für sie zu zahlen war, ist meine Freundin Annabel Lee dennoch wunderbar menschlich:* Eine Passage, die durchaus als kritische Anmerkung zur US-amerikanischen Sklaven- und Apartheidpolitik zu verstehen ist.

16,6 *Butte:* Geboren am 1. Mai 1881 im kanadischen Winnipeg, wuchs Mary MacLane nach einem kürzeren Aufenthalt in Fergus Falls, Minnesota, im US-Bundesstaat Montana auf, zunächst in Great Falls, ab 1890 in Butte, einer durch Gold-, Silber- und Kupferminen rasant wachsenden Kleinstadt im Silver Bow County. Nach dem Sensationserfolg ihres Debüts *The Story of Mary MacLane* (1902; dt.: *Ich erwarte die Ankunft des Teufels*, 2020, nach dem von MacLane ursprünglich gewählten Titel *I Await the Devil's Coming*) lebte sie mit Unterbrechungen noch bis 1903 in Butte, bevor sie sich erst in Massachusetts, dann in Florida und schließlich im New Yorker Greenwich Village niederließ.

16,27 *Treiben der Menge:* Anspielung auf den Roman *Far from the Madding Crowd* (1874; dt. *Fern vom Treiben der Menge*, auch *Am grünen Rand der Welt*) des britischen Schriftstellers Thomas Hardy (1840–1928).

18,4 f. *die Vision der Welt und all des Wundersamen:* vgl. Offb 17,8. Ein auf charakteristische Weise von Mary MacLane anverwandeltes Zitat, das vor allem nach der Bibel klingen soll.

18,33 *Chavannes:* Pierre Cécile Puvis de Chavannes (1824–1898), französischer Maler des Symbolismus, bekannt hauptsächlich für seine Wandbilder in zahlreichen öffentlichen Gebäuden.

21,27 *Whiting:* Lilian Whiting (1847–1942) war eine zu MacLanes Zeit vielgelesene US-amerikanische Journalistin, Publizistin und Dichterin.

21,31 *Zelte von Kedar:* vgl. Hl 1,5.

22,22 f. *Meine Geliebte ist hinunter in ihren Garten gegangen:* Abgewandeltes Bibelzitat, vgl. Hl 6,2.

31,10 *J. T. Trowbridge:* John Townsend Trowbridge (1827–1916), US-amerikanischer Erzähler und Dichter, bekannt vor allem für seine Jugendbücher aus dem ländlichen Milieu, befreundet mit Walt Whitman (1819–1892) und Mark Twain (1835–1910).

39,24 *Edwards:* Der Nachname der Verfasserin von »Gib mir drei Körner Mais, Mutter« lautet nicht Edwards, sondern Edmond. Die so religiöse wie sozialkritische Dichterin Amanda M. Edmond (1824–1862) veröffentlichte zur Verhüllung ihres Geschlechts unter dem Kürzel A. M. E.

45,1 *Minnie Maddern Fiske:* Minnie Maddern Fiske (1865–1932), zu Lebzeiten besser bekannt als »Mrs. Fiske«, US-amerikanische Bühnenschauspielerin und Theaterautorin. Als Maria Magdalena war sie ab 1902 in der englischsprachigen Adaption von Paul Heyses (1830–1914) religiösem Drama *Maria von Magdala* (1899) zu sehen.

50,10 *Wenn der Tag anbricht*: Abgewandeltes Bibelzitat, vgl. Hl 2,17.

53,33 f. *Geschichte von den zehn Jungfrauen:* vgl. Mt 25,1–13.

57,26 *Freien und Sich-freien-Lassen:* vgl. Mt 22,30 und Lk 17,27.

60,26 *Albert Ross:* Eventuell fiktiver zweitrangiger Erzähler oder aber Seitenhieb auf den US-amerikanischen Architekten Albert Randolph Ross (1868–1948), der jedoch nicht mit literarischen Werken hervortrat.

62,3 *Peg of Limmavaddy:* Korrekt *Peg of Limavaddy*, Ballade des britischen Erzählers und Dichters William Makepeace Thackeray (1811–1863).

63,1 f. *Mutter-Hubbard-Kleid:* Das englische Kinderlied *Old Mother Hubbard and Her Dog* erschien gedruckt erstmals 1805 und wurde im 19. Jahrhundert in Großbritannien und den USA vielfach bebildert.

65,23 *die liegen auf dem Kirchhof jetzt:* Vers aus der Ballade *We Are Seven* (1798) des englischen Dichters William Wordsworth (1770–1850).

67,19–21 *Mary Seaton ... Mary Beaton ... Mary Carmichael:* Die Aufzählung greift die schottische Ballade *The Four Marys* aus dem 16. Jahrhundert auf. Durchsetzt mit fiktiven Elementen und Figuren, handelt sie von Maria Stuarts vier Zofen, die die eingesperrte Königin bis zu deren Hinrichtung begleiteten und alle ihren Vornamen trugen: Mary Seton (1542–1615), Mary Beaton (1543–1598), Mary Fleming (1542–1581) und Mary Livingston (1541–1579). Eine Mary Carmichael hingegen gab es nicht.

68,7 *Manchmal sind Sie ja ganz weich:* Beinahe unverhohlen homoerotische Passage im Werk der offen bisexuellen Mary MacLane. Vgl. das Katzenbild der vor dem Kamin gefütterten »Muschi« mit »Martha Goneril, der Katz« in Kap. 24.

68,17 *Mother Goose:* Die Figur aus Kinderreimen und Märchen geht auf Charles Perraults (1628–1703) Geschichtensammlung *Mère l'oye* (1697) zurück und war in Großbritannien und den USA besonders im 19. Jahrhundert sehr beliebt. In Buchillustrationen wird ›Mutter Gans‹ meist als ältere Bauersfrau mit hohem Spitzhut oder Gans mit Haube dargestellt.

69,18 f. *hart und bitter wie Wermut:* Wermut ist der Name eines Sterns. Vgl. Offb 8,10 f.

69,32 *Was wird er bedecken?:* vgl. Jak 5,19.

70,6 *Aus wem macht das Denken Feiglinge?:* vgl. Shakespeare, *Hamlet* III,1.

71,16 *Rebekka:* vgl. 1 Mo 24,14.

71,26 *Mit der Liebe jungem Traum:* Zitat aus der Ballade *Love's Young Dream* des irischen Dichters und Volksliedsammlers Thomas Moore (1779–1852).

71,30 *Was uns Rose heißt:* vgl. Shakespeare, *Romeo und Julia* II,2.

71,33 *Wie kam der Assyrer herab?:* Diese und folgende Zeilen zitieren Verse der von einer biblischen Episode (vgl. 2 Kö 18 f. und Jes 36 f.) inspirierten Ballade *The Destruction of Sennacherib* (1815; dt.: *Die Zerstörung durch Sennacherib*) des englischen Dichters und Freiheitskämpfers George Gordon Lord Byron (1788–1824). Geschildert wird die Belagerung Jerusalems im Jahr 701 v. Chr. durch das Heer des assyrischen Königs Sennacherib (um 745 – 681 v. Chr.).

74,17 *Was ist schärfer als ein Schlangenzahn?:* vgl. Shakespeare, *König Lear* I,4.

74,32–75,1 *Für was wird der Wind besänftigt ... Lamm:* Im Verbund mit der kurz darauf erfolgenden Antwort »Ein geschorenes Lamm« geht die Frage auf ein Zitat aus dem letzten Roman *A Sentimental Journey Through France and Italy* (1768) des irisch-englischen Erzählers Laurence Sterne (1713–1768) zurück. Sterne schildert seine Begegnung mit der jungen Italienerin Maria, die, obwohl sie den Verstand verloren hat, über den Apennin gewandert ist: »Wie sie das ertragen hatte und wie ihr geholfen worden war, vermochte sie nicht zu erzählen, doch ›für ein geschorenes Lamm‹, sagte Maria, ›besänftigt Gott den Wind‹.«

95,33 *Kummer des Abschieds:* Zitiert wird das berühmte Gedicht *Crossing the Bar* (1889) des englischen Lyrikers Alfred Lord Tennyson (1809–1892): »And may there be no sadness of farewell, / When I embark.«

105,20 f. *So viele Stunden muss die Herd ich hüten:* vgl. Shakespeare, *Heinrich* VI., III. *Tl.*, II,5.

106,10 *Hast du mich gefunden, mein Feind?:* vgl. 1 Kö 21,20.

109,11 f. *klug wie die Schlangen:* vgl. Mt 10,16.

118,7 *Legion:* vgl. die Bibelstellen von der Heilung des besessenen Geraseners bzw. Gadareners, auf die MacLane anspielt: Mk 5,1–13, Mt 8,28–32 sowie Lk 8,26–33.

119,10 *die Krüppel und Blinden und Lahmen:* vgl. Lk 14,21.

128,15 *George Sand:* Pseudonym der französischen Erzählerin und Gesellschaftskritikerin Amantine Aurore Lucile Dupin de Francueil (1804–1876).

130,5–8 *Sind alle Dinge auf der Welt erst gezählt ... Botschaft einer zarten Seele:* Kommentar und Fortschreibung des berühmten Verses »A thing of beauty is a joy for ever«, mit dem der Versroman *Endymion* (1818) des englischen Dichters John Keats (1795–1821) beginnt. In einem Journalbrief beschreibt Keats 1819 die Welt als »the vale of Soul-making« ›das Tal der Seelenbildung‹.

135,31 f. *Triumphstatue von Maisonneuve:* Das Denkmal des Stadtgründers und einstigen Gouverneurs von Montreal Paul de Chomedey, sieur de Maisonneuve (1612–1676) steht auf dem Place d'armes und wurde 1895 von Louis-Philippe Hébert geschaffen.

138,30 *Sir Hugh MacDonald:* Hugh John MacDonald (1850–1929), kanadischer Politiker, 1896 Innenminister.

138,31 *Dominion Day:* Von 1879 bis 1982 die offizielle Bezeichnung des heutigen Nationalfeiertags Canada Day.

138,33 *Orangemen's Day:* auch: »Oranier-Tag«, am 12. Juli begangener Feiertag in Nordirland sowie der kanadischen Provinz Neufundland und Labrador.

139,2 *Queen's Own Regiment:* Gemeint sind die 1862 gegründeten *Queen's Own Rifles of Canada*, ein in Toronto stationiertes Reserveregiment des kanadischen Militärs.

139,5 *C. P. R.:* Die 1881 gegründete kanadische Eisenbahngesellschaft Canadian Pacific Railway.

139,7 *Lord Aberdeen:* George Hamilton-Gordon, 4. Earl of Aberdeen (1784–1860), britischer Staatsmann, 1852 bis 1855 Premierminister.

139,15 f. *Edward werde »einen guten König abgeben«:* Edward VII. (1841–1910), von 1901 bis 1910 (und somit bereits vor dem Entstehen von

My Friend Annabel Lee) König des Vereinigten Königreichs von Großbritannien und Irland sowie Kaiser von Indien. Seine Mutter – zuvor erwähnt als »Ihre Majestät« – war Königin Victoria (1819–1901).

139,24 *Sir John A. MacDonald:* John Alexander Macdonald (1815–1891) war zwischen 1867 und 1873 erster kanadischer Premierminister und bekleidete das Amt erneut von 1878 bis zu seinem Tod.

141,13 *mach dich auf und komm bald heim, Kind:* vgl. 1 Kö 14,12.

141,21 *Was machtet Ihr mit Martha Goneril, der Katz:* Möglicherweise homoerotische Anspielung: Martha = Mary. Der ›Nachname‹ der Katze geht auf eine der drei Töchter des Königs in William Shakespeares *König Lear* zurück. Die alte Schreibweise, das Metrum und die verknappte Syntax sind eine historisierende Imitation.

Inhalt